貴様いつまで女子でいるつもりだ問題

目次

装丁・装画　芥　陽子

貴様いつまで女子でいるつもりだ問題

二〇一〇年あたりからでしょうか、「女子」という言葉が年齢とは無関係に使われるようになりました。「女子会」という言葉が流行語に選ばれたのも、この年です。大人の女性向けに発刊された女性誌『ＧＬＯＷ』は「40代女子、万歳！」というセンセーショナルなコピーでデビューし、それに眉をひそめる人、よくぞ言ってくれたとスタンディングオベーションをする人、さまざまな反応がありました。当時、私はこれを見て板垣退助を思い出しました。

板垣死すとも自由は死せず！　加齢すれども女子魂は死せず！

ご存じの通り、これがのちの女子民権運動につながります。嘘です。

古くは「少女のようなあどけなさ」と、他者から形容されていた大人の女子性。それを当事者が率先して自称し始めると、自称女子以外の人間が黙っちゃいなかった。そりゃそうです。理屈より気分を優先する女子メンタリティは、社会的弱者に宿るからこそ輝くもの。なのに、社会経験とコズルイ知恵と小金を備えた女たちが「女子！ 私たちはずっと女子！」と騒ぎだしたら、暴動みたいなものです。部外者が違和感（図々しさ）を感じ、「あんたら、女子っていう年じゃないでしょう！」と文句のひとつも言いたくなるのも、無理はありません。

何歳までが「女子」なのか？ と問われれば、私の答えは、「女は生涯、いち女子」であります。かわいらしいものを見てテンションが上がったり、女だけで集まってとりとめもない話を延々続けたり、明確な根拠なくなにかを嫌悪したり、下手したらきれいな夕陽を見て涙をこぼしたり。世間で女子特有の行動とされているものは、合理性と無縁の地に存在しています。「なんとなく」が立派な理由になる。なんとなく、にもホントは理由があるんだけど、それを説明するのは無粋なのが、女子。馬鹿にしているのではありません。私にも、女子魂はしっかり宿っています。

みずみずしい肉体と未熟なメンタリティのコラボレーションこそが、本来の「女子」の定義。そう思っていた私は、この辻褄の合わない気持ちは人間が成熟するための成長痛だと思っていました。それなのに、肉体が変化し、非処女になり、社会的立場が如何に変わろうとも、女子魂は死ななかった。勤労し、納税し、主張し、購買し、消費する自分の中にいつまでもか弱い女子がいると気付いた時、私は心底ゲンナリしました。

実は、女子女子言っている女たちも、自分がもう女子という年齢ではないことを十分自覚しております。それでも「自称女子」が跋扈《ばっこ》するのは、「女子」という言葉が年齢ではなく女子魂を象徴しているからです。スピリッツの話をしている当事者と、肉体や年齢とメンタリティをセットにして考えている部外者。両者の間には、大きな乖離《かいり》があります。

国語辞典には「女子とは女の子供のこと」というような説明があると思いますが、三つ目ぐらいの用法に「幼少から死ぬまで女の心に宿る嗜好《しこう》性、指向性、志向性などのスピリッツ」という解説が加わるまで、この溝が埋まることはないでしょう。そして、辞書にその説明が加わる日は、たぶんずっと来ない。

三十路《みそじ》を過ぎた女たちの「自称女子」が感じさせる図々しさ、そして周囲の人間がそれを不意に受け取った時のドキッとする感じや不快感、これって刺青《いれずみ》にたとえられると思います。私たちは「女子」という墨を体に入れている。自ら彫った記憶はないけれど、気付いたら彫られていた「女子」の文字。見せる相手や場所を限定すれば、その刺青は自己を表現する大事なファクターになります。

しかし、TPOをわきまえずにそれをひけらかすと、たちまち周囲に不協和音を生む。「アピールしてるわけじゃなくて、自然に〜。これファッションタトゥーだしぃ」という方いらっしゃいますけれども、貴様の自然と世間の自然にズレがあることもございますのよ。

大人の女の女子アピールは刺青アピールと同義だと思ってから、私は女子会の写真を見るのが楽しくて仕方ありません。美味しそうなケーキと一緒にアヒル口の大人カワイイ女子（三十歳以上）が写っている写真を見ると、物騒な輩が深夜に集まって金ピカジャラジャラのネックレスをぶら下げ、腕に入ったタトゥーを見せびらかしてメンチ切ってる写真に見えてくる。若さなんてお菓子の上に振りかけられた粉砂糖ですから、三十路過ぎたら風に吹き飛ばされて下地は丸見え。粉砂糖が飛んだ下地に刻まれた「女子」の刺青は、当事者が意識的に隠さない限り、相手を選ばず主張し続けます。

私にも、女子の刺青はしっかり彫られています。大人になったら消える蒙古斑だと思っていたものが刺青だったんですから、それはもう大きなショックです。いつまでも女子女子言う女にはなりたくなかったので、私は自分の刺青を無視し続けました。だって、女子って言葉は馬鹿っぽいし、若くも可愛くもない私には不似合いだったから。

二十代後半の私は、自分に性差を超えた客観性があることを信じ（ないない）、まことしやかな正論に身を包み、時に女を敵にまわし、他人様からは絶対にその刺青が見えないよう長袖を着込んで（比喩です）、「わたくしわぁ！　女子である前に人間として!!!」と辻説法していたような記憶があります。

しかし、目を背《そむ》けても服を着込んでも、裸になれば私の体に女子の刺青は刻まれたまま。だからとても苦しかった。

苦しい気持ちを汲《く》み取ってくれたのでしょうか。ある時、大事な女友達から「ごく親しい人には、その刺青見せてもいいんじゃない？」と、金言を頂きました。私はやや抵抗を感じながらも、自分のことをよく理解している大切な人（家族や仲間やパートナー）の前では、たまに半袖になって（比喩だよ）女子の刺青を少しずつ出していきました。

　そしたら、なんでもなかった。構えていたのは私だけで、私に女子の刺青が入っていることは、大切な人たちにとっくにバレていたのです。

　親しい人に女子の刺青を隠さずにいられることは、私の精神衛生上とても良いことでした。女子の刺青を見せても不快に思わない人がいることが、私を安心させました。隠さなければいけないと思っていた秘密が、ひとつなくなったのです。

「自分のことを、いつまでも女子とか言っているのは馬鹿！」と威勢よく人間宣言していた私にも、「女子はいつまで経《た》っても女子ですぅ〜」という毒電波を垂れ流していた敵（女）にも、同じように女子の刺青が入っています。それはいくつになっても愛おしいのですが、やっぱり刺青だから、私は出すところをわきまえたい。ハンドル・ウィズ・ケアな女子性は、フィルタリングしてお届けしたい。なぜなら私はたくさんの人（自分自身を含む）と、うまくやっていきたいから。女子の刺青で、よく知らない人をギョッとさせるのは不本意です。

　しかし、腹を括《くく》って刺青を隠さず、我が道をいくのもその女の自由。女子街道を爆走していく女たちを、私は沿道で見送ります。ただし、自分がオラオラしている自覚がないと、不意に女子性につばを吐かれて傷つくことになるので、要注意。

どちらにせよ、板垣死すともタトゥーは消えず！　私たちは生涯、女子の墨を背負って生きていくのであります。

女子会には二種類あってだな

いつから誰が言いだしたのか、女同士で集まって、食べたり飲んだり喋り続けたりする会合は「女子会」と呼ばれるようになりました。

今日は女子会！　いつもの４人がお仕事終わりに銀座のフレンチビストロに集合♪
どんなにおなかがいっぱいになっても、
ここのフォンダンショコラはやめられない(((o(*ﾟ▽ﾟ*)o)))

……みたいなコメントとともにＦａｃｅｂｏｏｋに写真を上げるタイプの女子会は、女にとってはホルモン注射の打ち合い＝女の女装承認会のようなもの。

オンナノコって、いつも楽しいよね(*´▽`*)。.:*♡

ってなことを言いながら、今年買った服か靴か鞄のどれかを装備し、ネイルやまつげエクステなど女の鎧甲冑《よろいかっちゅう》をガッツリ纏《まと》って挑みます。

この手の女子会は、〝女同士の集まり〟を自称しながらも、参加者は対異性の女性性をしっかり意識している。己の女ポジショニングをアップデート（更新）しつつ、周囲にもそれをアピールするためのツールです。

このような、観戦者を欲するタイプのそれが一般的に認識されている女子会です。が、世の中にはSNSに載らない女子会も存在します。私はこれを「海賊の宴会」と呼んでいます。

東京ディズニーランドにある「カリブの海賊」というアトラクションをご存じですか？擬人化された動物が出てこない、素晴らしい乗り物です。このアトラクションの中盤に、島を襲ったあとの海賊がベロベロになりながら宴会をしているシーンが出てきます。これがまさにもうひとつの女子会の終盤にそっくり！

SNSに載る女子会がフレンチビストロで行われるならば、海賊の宴会はスペインバルで行われます。働く女どもは、脂浮きした化粧に昭和のおっさんのような疲労感を漂わせ、とりあえずアホのようにワインを空けていく。ひとり一本は空ける。誰も聞いてないのに「今日は飲む」と宣言する。

一時間後には「ガチャピンのTシャツで寝るようになってから彼氏とセックスレス」など品のない話に花を咲かせ、互いを罵《ののし》り、労《ねぎら》い、ゲラゲラと笑いながら、さっき自分で仕留めてきた獣でも見るような目つきで、バーカウンターの上のハモンセラーノの塊を睨みます。

スペインバルなんて小洒落たところには行かない猛者《もさ》たちは、のれんのかかった居酒屋に集合です。芋だの麦だのからスタートし、挙句日本酒の飲み比べまでして馬刺しをつまみ「ちょっ、なっ、これオーイシッ、おーいし！」と突然テンションを上げ、またすぐまったり。「いいお酒は明日に残らないのよねぇ〜」と言いながら、貯金残高の少なさ自慢や、親との拗《こじ》れた関係などを吐露し合う。最終的には「まぁ……なんとかなるよ……」と励まし合うのもお約束。下戸の私は、一から十まで全部覚えています。

SNSに載る女子会が女性性の指差し確認ならば、SNSに載らない女子会は、女装ショーの楽屋打ち上げ。SNSに載る女子会が女の戦ならば、SNSに載らない女子会は、戦のあとの宴。兜の緒を締めたり緩めたり、女の集いはどちらも楽しい。

両女子会に共通しているのは、食べ物が美味しい店で開催するということでしょうか。男性が適当に決める店って、酒は安いけど食べ物がイマイチ……というのがよく聞く声ですので、そのあたりを気を付けると男性はモテ度アップする可能性若干アリかと存じます。

まぁ、この手の女たちにモテたいかどうかは、別の話ですが。

ていねいな暮らしオブセッション

台所の換気扇が油と埃まみれだったら、あなたはどうしますか？　私は、見なかったことにします。ところが、専業主婦の友達はこう言うのです。「換気扇の掃除、ブラシが届かないところがあって、かえって細部の汚れが目立つのよ。イラッとする……」

わからなくもないけれど、大勢《たいせい》には影響のない話。そんなの気にしなくていいのでは？　引っ越してから四年、一度も換気扇の掃除をしたことのない未婚の私は返します。すると、彼女はこう言いました。「また、ていねいに暮らしそびれる！」

ああ、それわかる。ていねいな暮らしオブセッション。

ていねいな暮らしオブセッションとは、『暮しの手帖』に体現されるような、正しい佇まいの暮らし方に取り憑かれること。朝は早めに起き、朝食の前に古着をリメイクした雑巾で、さっと拭き掃除を済ます。一汁二菜の質素な朝食を用意している間に、夕飯の魚を下ごしらえしましょう。物質的な豊かさよりも、精神的に豊かになることを尊び、「きちんと暮らす」ことに矜持を持つ。ネオ清貧とでも言いましょうか、とにかく毎日をきちんときちんと暮らすのです。「過ごす」のではありませんよ、きちんと「暮らす」のです。

書きながら胸が苦しくなってきましたが、この価値観を尊く思うのは、専業主婦の私の友達だけではありません。兼業主婦ですらない独身の私も、少なからずそう思うことがあります。反商業主義的な生活（これもていねいな暮らしの基礎になる価値観）を主体的に送る方が、ずっと尊い人生を送れるような気がするではないですか。

ここに一冊の埃をかぶった『暮しの手帖』があります。日々活かせるアイディアと知恵が満載の、魅力的な雑誌です。手縫いの赤いステッチが美しい布きんの写真には「刺して、生きて、老いていく。花ふきんは、おなごの暮らしそのものです」とか「針仕事をしているときの女性は、清らかで美しい」などのコピーがついています。どのページを開いても、時間と労力を注いだ人だけが獲得できる、ていねいな暮らしが溢れている。うっとりとした気分でそれを眺める私ですが、書いてあることを実行できた試しは、ただの一度もありません。我が家の布きんは百均ショップのものですし、私の人生はさながら「（敵を）刺して、（今日を）生きて、（単身）老いていく」といったところでしょうか。

私だって新聞紙でピカピカに磨いた窓を開け、埃ひとつない床で、ゆっくり炒ったほうじ茶を飲みたい。帰宅したらすぐコートにブラシを掛けるような、きちんとした暮らしがしてみたい。きちんと、とは乱れがないこと、整っていること、規則正しいこと、そして過不足のないこと。そういうものを、毎日の積み重ねで手に入れたい。継続したい。でも、できない。
『暮しの手帖』は一九四八年に創刊された雑誌なので、もともとはフルタイムの職業を持たない女性を主な読者対象にしていたのでしょう。時代は変わり、女も職業を持つようになり、私のような未婚女が楽しく生きていられる世の中になりました。それでも、既婚だろうが未婚だろうが独身だろうが、女が家で毎日をていねいに暮らすことを尊いとする価値観や反商業主義は、目指すべきひとつの生き方としてあり続けました。その証拠に、『暮らしのヒント集』という別冊には「より少ないことは、より豊かなことだ」とか「どんな状況でも、小さな喜びを見つける」とか「疲れていても、台所はきれいにしてから眠りにつく」といった言葉が、職業を持つ主婦の発言として掲載されていますから。仕事も家庭もていねいなんて、いつのまにスーパーウーマンがゴロゴロいる世の中になったのでしょうかね。

独居未婚の私がていねいに暮らせないのは、仕事が忙しいからではありません。私の性分が、その暮らしを構築するのにまったく向いていないからです。私には、ていねいに暮らす信念がまるでない。たまに料理もするけれど、コンビニの総菜も平気で食べる。流行の服を買い続けるような、商業的に搾取される買い物も喜んでしまいます。毎日の小さな幸せよりも、数カ月に一度の爆発的な喜びや悲しみを楽しんでしまうので、日々のネオ清貧が積み重なった豊かな暮らしとは無縁の毎日なのです。

なにしろ信念がありませんから、浜省が「MONEY」で歌うような、物質至上主義的な生活にも平気でダラダラ涎《よだれ》を垂らします。たとえば、オールインワンのアイランドリゾートで過ごす休日。ホテルのブランチ。都心のヴィンテージマンション。ゆったりとラグジュアルに暮らす、極上のライフスタイル。

では、ていねいな暮らしの反対側を向いてマネーメイクに精進し、最高を最幸と書くような拝金ニューエイジになれるかと言えば、やっぱり私にはそんな信念も持てない。物質に支えられた生活を最優先するためには、相当お金が好きでなくてはいけません。お金は好きだけど、そこまでじゃあないんだな。拝金し続けるって、反商業的にていねいに暮らすのと同じぐらい、集中力が必要なのではないでしょうか。ていねいに暮らしを積み重ねるネオ清貧と、マネーを武器にハイクラスな毎日を送る拝金ニューエイジ。どちらにも、エクストリームな信念が必要です。

本来、ライフスタイルは生き方と同義で、なにかしらの理念が毎日の生活に顕在化するものです。ひとつの理念に基づいて生きていれば、おのずと一貫性のある暮らし方に着地するはず。しかしながら、私は舞台美術さながらの「スタイルのある暮らし」の中に自分を置けば、美しい理念が身に付くと思っているフシがある。順番が逆なのです。

信念のない私は、あっちにフラフラ、こっちにフラフラしながら生きてきました。一貫性のないインテリアを見渡すと、がっかりはするものの居心地はそこそこ良い。結局は、いろんな味が盛りだくさんの、お手頃幕の内弁当のような暮らしに充足を感じます。この部屋こそが、私の理念の現れなのでしょう。ていねいな暮らしは、他の人に任せます。

私はオバさんになったが森高はどうだ

昨年、四十路に足を突っ込みました。

驚いた。こんなにフラフラした四十になるとは、思ってもみなかった。確か十年前も、あんなに子供染みた三十になるとは思っていなかった。よって、安定の期待外れであります。

泣く、笑う、喜ぶ、寝る、憤るなど、この世に生を受けてから一日の休みもなく、私はありとあらゆる人間の動作や状態を体得してきました。もうあとは「死ぬ」ぐらいかと思っていたのに、ここに来てまさかの新形態を体得したのです。それが、老《ふ》けです。「老《お》い」の一歩手前、それが「老け」であります。

老けはまるで、知らぬ間に忍び寄る恐怖。ある日突然、おでこに一本の深い皺が入るわけではありません。老けは一日にしてならずであり、老けフェアリー（妖精）は、私が寝コケているうちに、私の体に毎晩少しずつ老ける粉をかけていきました。しかしそれが余りに微量なので、すぐには気付けませんでした。

三十五歳ぐらいから、なんとなく自分の異変に気付き、しかしまだこれがいわゆる老けだとは思いもよらず、四十を目前にして突然、雷に打たれたように「これはまごうことなき老け状態だ！」と自覚しました。

女の老けは総合点で決まります。ファンデーションをぬると浮き上がってくる目元のちりめん皺なんて序の口で、髪の艶、デコルテのハリ、後ろ姿の肉付き、歯の色、白目の濁り、手の甲のシミ、顔の輪郭、踵《かかと》の硬さ、尻のざらつき、地爪の色、首の皺など、体のすべてが老けの反射区になっている。それぞれが、少しずつ少しずつ経年劣化した状態の総合点で、全体の印象が決まります。

つまり、どこか一カ所頑張れば老けを一蹴できるものではなく、全ポイントを均等にケアすることでしか、老けにはあらがえないのです。これは厳しい。女はある日突然、自分が育て方の異なる何種類もの花が植わった庭の主であることに気付きます。

庭主である私は、自分の庭はもちろん、隣の庭も気になります。若い庭よりも、同世代のあの人の庭が。木村さんとこの庭は、三十代後半のある日突然輝きだした。山口さんとこの庭は、いつも自然な印象なのに乱れがない。君島さんとこの庭は、一年中豪華な花が咲き誇っている。どんな庭師を雇っているのかしら？　どんな栄養剤を使っているのかしら？　でも私は体感的に知っている。庭主自身が行う毎日の丁寧な手入れが、プロの庭師や栄養剤よりもずっと、庭の質を左右することを。

頭の良い女は、自らが庭主であることに十代から気付いています。そして、庭の美醜が自分の価値と直結する時代を、十二分に謳歌《おうか》します。私はうすらぼんやりとしておりまして、庭の手入れはあまりにも気まぐれでした。それでも私の若い庭は、気まずくなるほどの荒《すさ》み方はしなかった。いや数年前まで、私の庭はもう少し見られたものでした。

まったくもって、そうはいかなくなるのが四十路の庭です。ケアを怠れば確実に荒れ、見る者（自分を含む）に気まずさを与えます。老けた女の佇まいは手入れ不足の庭の侘《わび》しさに似ており、電車の窓から荒れた庭を見る度に、それと自身を重ね合わせ、私はそっと目を背けます。

荒れた庭を見られるのは、嫌なものです。しかし、自分の周りを塀で囲うわけにもいかない。庭を美しく保つためには虫を取り、無駄な葉を間引き、支柱を立て、綺麗な花が咲くようにまんべんなくジョウロで水をやる。そういった丁寧な所作が毎日必要になってくるのですが、実際には全部の花にホースでざっと水をやって、ブーとおならをして寝るような体《てい》たらく。翌日にはもう、水やりさえサボるありさまです。荒れた庭を見て落ち込み、それでも手入れをサボるダメな自分に落ち込み、二重の落ち込みが四十路の私を襲います。

胸が膨らんできた十代前半、自身に性的な意味合いが付加されていくことに戸惑ってから、三十年が経過しました。自分の意思に関係なく体の変化で女の舞台に上げられて、ようやく心と体の辻褄が合ってきたあたりで、今度は体が舞台から降りようとするのです。堪《たま》ったものではありません。

こうなると、異性の目はどうでもよくなってきます。男ウケする庭よりも、自分の心が安定する庭にしたい。その結果が、あの美魔女のおどろおどろしい庭ではないでしょうか。男性の目だけを正確に意識していたら、ああはならない。あれは己との、そして同世代女との戦いなのでしょう。

加齢と老けは、微妙に異なるものです。数字が増える、社会的立場が変化するという意味での加齢自体を、私は三十代の半ばからゆるやかに受け止められるようになりました。が、それに伴う肉体の経年変化を受け止めるのは、思ったより心の負荷が大きかった。

容姿を気にする割には手入れに無頓着だった私が、ここにきて老けを恐れ、手入れの仕方がわからずオロオロする。これはまったく予想していませんでしたし、はなはだみっともない。でも、そうだから仕方ない。つくづく面倒ですが、朽ちていく変化に無頓着でいるか、朽ちていくなりに綺麗に見えるよう丁寧に手入れをするか、それを日々問われるのが女の四十代なのかもしれません。

さて、加齢に関わる話をすると必ず、「女性は何歳でも素敵な人は素敵だし、見た目に固執するなんてナンセンス！」といった言葉を聞きます。大切なパートナーや仲間ならば、いつどんな状態の自分でも受け容《い》れてくれる、とかね。でも、そんなの当たり前だろ。私の狭い心が気にするのは、私のことをよく知らない人に、私の庭がどう見えるかです。

女の真価は庭の佇まいであって、その麗しさではない。頭ではわかっていても、「いくつになっても、できることなら麗しい庭を手に入れたい！」と私たちが明後日の方角に猛進するのは、稀に恐ろしいほど綺麗な庭があるからです。

同世代の庭比べは、女が女を恫喝《どうかつ》するおかしなマッチポンプ構造。それを理解していてもなお、「皺は女の勲章よ！」とフランス女のようなことを言うのは難しい。実年齢マイナス三～五歳ぐらいの印象を持たれたらいいなぁ～と、何の努力もせずに私は浅ましいことを考えます。

そんなことを思いながらテレビを見ていたら、四十歳を優に越えた森高千里が「私がオバさんになっても」を歌っていました。なんということでしょう！　森高は、まったくオバさんになっていなかった！　正確には、口の悪い男性が言うところの綺麗なババアというやつになっていた。「若い子には負けるわ」とは口ばかりの、恐ろしいほど綺麗な庭の主、それが森高です。手入れに気合いが入っている。異性に手間を悟られないああいう庭が、この世でいちばん凄い庭なのでしょう。もともと綺麗な庭が、美しさを保っているというだけの話ですから、森高の庭と荒れ放題の私の庭には、あまり関係がないと思うのが健全なのでしょうね。

三十路の心得十箇条

三十代とはなんだったのか？　と問われれば、私のそれは人生初の棚卸《たなおろし》だったと思います。自分の在庫を確認して、足りないものを発注したり、余剰を処分したり。まったく管理されていない倉庫でしたので、私の棚卸は十年かかりました。改めて三十代を振り返り、その心得を十箇条にまとめたものを、僭越《せんえつ》ながらご紹介させてください。

・その一、未婚ならば、早めに結婚すべし。

三十代の独身生活は、あまりにも自由過ぎて楽し過ぎる。それは、拙著『私たちがプロポーズされないのには、１０１の理由があってだな』（ポプラ社）で余すところなく書きました。

仕事に熱心な人はやり甲斐と手ごたえを感じる時期ですし、プライベートでは泣いて笑って喧嘩して、落ち込みや不貞寝《ふてね》さえマイペースで自由自在。しかも、二十代の頃に比べて財布と心に少しの余裕も生まれるため、毎日の生活がどんどんやりたい放題になっていく！

ふと同世代の既婚者に目をやれば、子供や姑や旦那や嫁や住宅ローンに教育、自分の時間はどんどんなくなって、慌ただしそうな毎日です。苦労を差し引いてもあまりあるほどの素晴らしさがそこにはあることを頭ではわかっていても、自由を満喫する三十代独身者は、気軽な単独生活をなかなか手放せなくなります。

しかし、一生自分の家族を持つ必要はないと断言できる独身者がわずかなのも事実。であれば、まだ結婚に夢や希望を感じ、たったひとりと添い遂げる腹を括《くく》れる（気がする）うちに、さっさと結婚してしまう方が良いと思います。人生で最大にして最長（になる予定）のプロジェクトのパートナーを決めるには、勢いが必要です。そしてご存じの通り、年をとればとるほど、その手の勢いは減速していく。

既婚者の素晴らしい点は、欲の手離れが良いところだと思います。赤の他人や言葉が通じない赤子との生活で、彼らは毎日思い通りに事が進まないことに慣れる訓練を積んでいます。自分がコントロールできる範囲なんて、そんなに大きくはない。そのことを知っている人の方が、突発的な事態に適応する能力が高いように、私は思います。すべての既婚者が徳のある人間だとは言いませんが、不快なものをどんどん切り捨ててきた独身者は、挙句に陸の孤島で孤独を噛みしめることになる。それが嫌なら、手放せない自由裁量権の存在を実感する前に、さっさと入籍するしか手はないでしょう。と言うか、それ以外に方法が見当たらない。

・その二、ハッと気付けば三十八歳になっているので覚悟すべし。
時間があっという間に過ぎるのは、子育てに忙しい子持ちチームだけではありません。夜更かしOKの小銭持ち小学生が如く好き放題やっている単身者にとって、三十代はまるで竜宮城。天女の舞を見ているうちに、七～八年なんてあっという間に過ぎてしまいます。そして、気付けば誰もが浦島太郎。

この時点で三十歳のままのメンタリティですと、容《い》れモノの経年劣化だけがことさら際立ってしまうので注意が必要！……と、自戒の念を込めて思います。

・その三、最初の五年で幹を伸ばし、次の五年で枝を剪定《せんてい》すべし。
三十代、最初の五年は体力的にまだ無茶が利く時代。ならば、いままでやれなかったことをフルスロットルでやるべし。旅行、勉強、散財、恋愛、趣味、習い事、なんでもOKです。ここで大人ぶって守りに入ると先細りになりますから、まずは幹を太らせましょう。女はここで経験値を積み過ぎて、小生意気から中生意気、大生意気へと発展を遂げる危険性が高いのですが、そのリスクを取ってでも、ここでは大航海に繰りだすのをオススメしたい。楽しいことばかりとはお約束できませんが、臭いものにフタではなく、臭いものを自分の鼻で嗅いで「くっさー！」と絶叫するのも、この時期ならまた一興です。

個人的な実感として、無駄を削いでいくのは三十五歳からで十分だと思いました。無駄は無駄でも、ぜい肉は三十五過ぎたら取れなくなるので要注意。

・その四、馬鹿にしていたことを、なにかひとつ始めるべし。

私は子供の頃から運動が大の苦手で「運動なんてヒマ人のやること」と思うほど傲慢でしたが、三十歳を過ぎてボクササイズを始め、運動で汗をかくことの楽しさや、肩こりの治りやすさを知りました。私にとって、仮説に仮説を重ねた勝手な思い込みは、損でしかありませんでした。これについては、後々出てくる「食わず嫌いをやめる」の項（一〇六頁より）で改めてお話ししますね。

・その五、保険と貯金を見直すべし。

二十代初めから支払い続けている生命保険、掛け捨てでないのは把握していましたが、がん保険がついていない商品だったことを、私は三十五歳まで知りませんでした。時世も変わりますから、以来、保険の見直しを数年に一度するようにしています。

貯金に関して、個人的には二十代で作った貯金を三十代で一度使ってしまうのもひとつの手かな～と思います。単身者ならなおさら、無駄遣いも自己投資と言い訳しましょう。チマチマダラダラ使うのではなく、心臓が潰れそうになって胃がキリキリするような消費が楽しい。

三十一歳、私は当時住んでいたワンルームマンションの家賃と同額のワンピースを即買いしました。聞いたこともない海外のデザイナーものを、フラリと入ったセレクトショップで発見したのです。試着すると、それは呆れるほど私にお似合いでした。それからは、袖を通す度に「家賃……」という言葉が頭をよぎりながらも、背筋がキリッとしたのをよく覚えています。いまでもその服はとってありますよ。

格安ツアー以外の海外旅行も、免税店以外で買うハイブランドのバッグも、三十代前半で経験しました。同じ景色、同じ鞄でも支払う額が異なると、受けるサービスが異なることを、身を以《も》って知ることができました。無駄遣いの良いところは、自分に不必要な贅沢がハッキリ見えるようになること。体験しないうちは、どれもが素晴らしいものに見えたままです。

私は二十代で稼いだお金を、三十代で全額使い果たしました。人はそれを馬鹿と呼ぶのでしょうが、清水の舞台から飛び降りて、その後しばらく骨折してるのちょう楽しい！

四十代になったら、怖くてそんなことはできません。無駄遣いのあとの極端な節制も、体力や精神力のあるうちなら我慢ができますし。

投資ならまだしも、浪費は老後の背中が見える前にぜひ一度ご経験を。

・その六、同年代の異性には細心の注意を払うべし。
仕事でもプライベートでも、威勢の良い三十路女ほど高圧的、且《か》つ独善的なものはいません。私も三十代半ばまで、自分がいかに傲慢か気が付きませんでした。前項の無駄遣いの甲斐もあり、三十代半ばの私は「あれも知ってるこれもやってる、あ、それは知らないけど興味ない」と、選り好みの激しい女でした。

そして、ことあるごとに正論を吐く。正しい。正しいが可愛くない。可愛ければいいというものではないが、愛嬌や愛想が身を助けるということを、私が学ぶのは遅過ぎました。アラサー女のみなさんにおかれましては、同じ轍を踏まないで上手に生きることを、強くオススメしたいところです。

三十代の男性は、同世代の女を軽々しくババア扱いして女から総攻撃を受けるので、この時期はお互いあまり近寄らないのが良いかと思います。上手に距離を取るのです。

四十路に入れば、否応なく助け合う関係になるので、この時期は同世代異性というだけで嫌悪対象にならないうちに、逃げろ！

・その七、愛されるよりも愛すべしマジで。
三十路に入り、女性は初の加齢を、男性は初の同世代給与格差をハッキリ実感します。

さあ、若ければそこそこ愛される、働いていれば相手が見つかると思っていた二十代の一般常識（＝自意識）との戦いが始まります。

加えて、三十過ぎたら恋愛でも仕事でも、相手から先に心を開いて貰えることがどんどん少なくなっていきます。なぜか？　もう子供でも新人でもないからです。若くもなく、アホみたいに稼いでいるわけでもなく、その上子供でも新人でもないのが三十代。誰かがなにかをしてくれると思っても、もう誰もなんにもしてくれません。だって、もう「誰かになにかをしてあげる」側に役が替わっているのですから。そこに気が付いてから、私は自分から開いていく癖（クセでいいんですよクセで）をつけるようにしました。まだまだ完璧とは言えないけれども、でもやるんだよ。恋愛でも仕事でも友情でも、自分から愛を表現していく方が良いかと存じます。その方が、結果的に楽です。

・その八、若者を責めるべからず。
三十代になると、びっくりするぐらい無礼だったり物わかりが悪かったり、無責任だったり言葉の通じなかったりする下の世代に面食らうシーンが増えます。ここで「いまどきの若い者は……」とまとめて言ってしまうのは時期尚早。それは自分が言われて嫌な言葉だったはずではないですか。

若者ディスを内輪でするのは構わないと思いますが、それを対象者に聞かせた途端、相互理解は難しくなってしまいます。これも私は経験済み。開いた口が塞がらないような事態を前にしても、なんとか頭をフル稼働させて相手の話を聞くなどすると、わかり合えることもあります。

しかし何度聞いてもまったくわからん場合も多々ありますので、新三十成人のみなさんには心臓を強く持っていただきたい。

・その九、女は自分の中の少女を大切にすべし。しかしフィルタリングは忘れるべからず。
これが最初に書いた「貴様いつまで女子でいるつもりだ問題」です。忘れてしまった人は、もう一度本書の頭に戻って読み返してみてくださいませ。

・その十、一生付き合っていきたい友達を見つけるべし。
これ大事。なによりも大事。恋愛や結婚は時間とともに変容し、子供はいつか巣立っていくけれど、友達はメンテナンスをしっかりやれば、どちらかが死ぬまで一生モノです。

私はもう、どちらかが先に死んだら骨を拾う友達まで決めています。それはやり過ぎかもしれないけれど、三十代の友達付き合いを疎《おろそ》かにしていると、四十近くなった頃に、友達がいなくて寂しくなるみたいです。

五十過ぎたら、連絡不精は命取りに！　じっくり付き合える友人は、なにものにも代えがたい財産だと私は思います。

以上、三十路の心得十箇条でした。
えらそうにサーセン。
アラフォー以上のみなさんは、ともに手を取って頑張って生きていきましょうぞ。

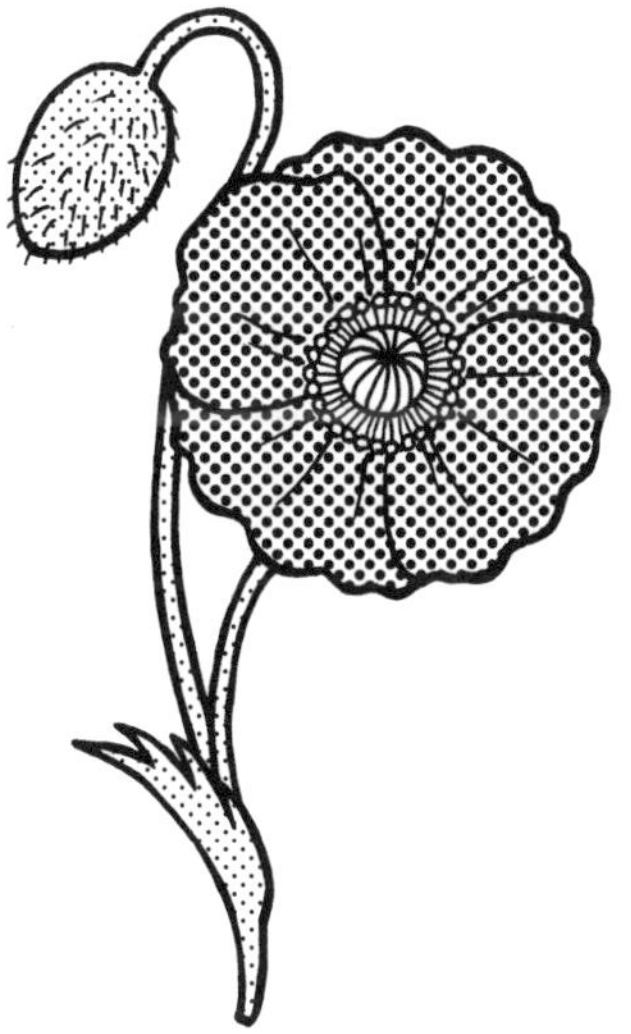

エエ女発見や！

あなたは合コンを通して自己研究したことがありますか？　正確に言えば、合コンでモテるのはどんなタイプなのか、身を挺《てい》して検証したことはございますか？　私はあります。あれはそう、ＣａｎＣａｍモデルの蛯原友里さんが「エビちゃん」としてもてはやされていた頃。そこそこの期間付き合った男と別れた私は、久しぶりに恋愛市場という狩場に戻りました。三十を越えていましたので、次の獲物とはなんとか婚姻関係にまで辿りつきたい。ということは、長く続くことを想定した結婚にふさわしい人を見つけなくてはいけません（と、当時は思い込んでいました）。

私の周りには、興味をそそられる個性的な男性が何人もおりました。が、彼らの横にはいつも飛びぬけて可愛い（だけ）の女の子がおりましたし、それ以外の準個性的な男たちは、婚姻関係を前提にした釣書に落とし込んだ途端、クズに見えました。我ながらひどい物言いです。

結婚を前提にするんだから、お相手は大卒で会社勤めのサラリーマン（マスコミや代理店など華やかに見える業種を除く）、俗に言う「普通の男」が良いに決まっている。自分を高く高く棚に上げた私は、そう思いました。そんな男性と知り合うには、社交性が高く結婚意欲の強い女が幹事の合コンに参加するのが手っ取り早い。私は細いツテを辿り、合コンプランナーを探しました。

ある週末、私は三十三歳で結婚相手が見つからず焦りまくっている、某航空会社のグランドホステス、A子ちゃんに誘われました。A子ちゃんがセッティングしてくれたのは、某製薬会社の営業マンたちとの合コン。A子ちゃんは頑なに「合コン」という言葉を使いません。あくまで、「異業種交流会的な飲み会に、男女が同数参加している」という偶然性を、不自然なほどに強調しました。

よくよく話を聞いてみると、A子ちゃんは旦那探しの合コンに週三回も参加しており、良いお相手がいない時は、その会で知り合った男に必ず次の合コンをセッティングして貰っていました。それでもいい相手が見つからない時は、仕事帰りに女友達とPRONTOで飲んだりもしているとのこと。全スペックにおいて同世代男の上位数パーセントに属する独身メンは、既に若い女とイチャコラやっており、三十を過ぎた自分は市場優位性に乏しい。だから、平日の夜PRONTOで男同士飲んでいるような普通のサラリーマンを狙うのだそうです。華やかな印象のA子ちゃんがPRONTOで飲んでいたら、そりゃ目立って声もかけられるよな。私は彼女の戦略的思考に慄《おのの》きました。

旦那探しのため週に三回も合コンに参加して、PRONTOでもナンパ待ちしている三十三歳の女はヤバい。それは、A子ちゃんも自覚済みでした。よって「合コン」ではなく、これはあくまで「飲み会」だと自己暗示をかけていたのでしょう。

A子ちゃんから聞く限り、飲み会に参加する男性陣のスペックは願ったり叶ったりの普通の男たち。選民意識とコンプレックスが背中合わせになっていた当時の私の言葉を借りれば、普通の男は冬になると、GLAYを聞きながらスノボに行きそうなタイプ。そんな風に普通の男を馬鹿にしながら、そこに愛されないと結婚できないと思い込み、普通の男には決して選ばれないであろう自分のすべて（容姿やら性格やら）を憎んで悶々としながら合コンに参加していたのですから、当時の私は気力体力ともに過剰に漲《みなぎ》っていたとしか言いようがありません。

合コンを翌週に控え、A子ちゃんの戦略的思考に刺激された私は、ある実験を試みようと思いました。まず、製薬会社の営業マンたちとの合コンの翌週に、ITベンチャーの技術者たちとの合コンをセッティングしました。「頭は切れるが、社交性に乏しい連中ばかり」と男幹事に言われ、後回しにしていた合コンです。

社交性の高い大手企業の営業マンと、社交性の乏しいベンチャー企業の技術者。私の解釈では、前者が「死にたいぐらい憧れた普通の男たち」です。後者は、私とハモる可能性は高いが、俗に言う普通の結婚にはなかなか着地しなそうな男たち。

対戦相手に不足なしの好対照合コンを二週連続で行う上で、私は三つのルールを決めました。普通の男合コンでは、己に内在する可愛げをマックスまでデフォルメし、且《か》つ最大の武器であるおもしろスイッチを完全にオフすること。反対に、華やかさとは無縁の裏IT合コンでは、普段の自分を一〇〇%出して丁々発止《ちょうちょうはっし》を楽しむこと。そしてどちらの合コンも、エビちゃんを意識したビジュアルでキメることです。

もちろん「片桐はいり村いちばんの美人」と言われる私がエビちゃんを目指すのは、無謀だと十分承知していました。しかし、当時はいまよりだいぶ痩せていましたし、内面からエビちゃんが湧きでる可能性は皆無でしたので、ここはエビ天と見紛うほどに衣を厚く纏《まと》うしかありません。

この実験で私が導きだしたかったのは、私の問題点です。普通の男に選ばれないのは、私の見た目に問題があるのか？　それとも中身に問題があるのか？

身綺麗にして自分を殺し、普通の男合コンに参加した場合、うまくいけば誰かから次のお誘いを受けるはず。一〇〇%自分を殺しきれた手ごたえを感じてもなお、誰からもお声がかからなかったのなら、私の容姿はどう頑張っても普通の男を魅了するものではないという結論。

身綺麗にしても自分を一〇〇%殺しきれなかったならば、合コン序盤の食い付きは良くとも、後半に私は誰とも会話が盛り上がっていないでしょう。そうなれば、私の性格はどう繕っても、普通の男を魅了しないという答えが導きだされるはずです。合コンなんてソウルメイトを見つける場所ではありませんから、どれだけお声がかかるかで自分の価値を測ろうという魂胆です。

二週連続の実験合コンを控え、私は服を買いに行きました。当時エビちゃんはCMで白いワンピースを着てえびフィレオを食べていたので、自意識と葛藤しながら私も白いワンピースを買いました。そしてもう一着は、柔らかい生地の紺のワンピース。この上に薄ベージュのカーディガンを羽織る予定です。鏡の前で何度もそれらを着て、私は全身をチェックしました。合戦前夜の武士が甲冑《かっちゅう》を磨いているような高揚感が、体の中を駆け巡っていました。

とうとう普通の男合コンの日がやってきました。

銀座の和風ダイニングに集まったのは、女四人男四人。男性陣は全員スーツ。いいね！これぞ日本の普通のサラリーマン！　私の胸は躍りました。

A子ちゃんの手なれた仕切りで男女交互に座ったあと、普段なら「はい！　ビールの人！」と点呼を取るところをじっと耐え、なにが飲みたいかを聞かれるまで待ちました。男性陣は営業職だけあって、社交性は抜群。彼らの話に積極的に参加できないからちっとも楽しくないけれど、相手に合わせていれば会話はスムーズに運びました。そして彼らは女扱いに慣れていて、とにかく褒め上手。なんだか自分がえらく可愛い女の子になったような気がしました。しかし、好きな音楽を聞かれた時には嘘を吐くことも忘れません。なぜって、彼らがヒップホップに興味がある女に用がないことは、聞かずもがなでしたから。

中盤、その飲み会でいちばんモテるであろう男が、私の隣に座りました。私は緊張しました。ここで見初められれば、私は自分にOKを出すことができる。

至極《しごく》馬鹿げた実験だとわかっていましたが、それでもどこかで、こういう人を心底好きになれたら自分は幸せになれるだろうと真剣に思っていたのです。

このモテ男は芸人の矢部浩之さん似だったので、飲みの席では女性陣から「やべっち」と呼ばれていました。やべっちは饒舌《じょうぜつ》でした。自分の話をずっとしていました。私は好きな人の話を聞くように、じーっと彼の話に耳を傾けました。随分前のことなので詳細は覚えていませんが、休日にはフットサルをやっていると言っていたような気がします。望んでいた通りの、完璧な普通の男です。

やべっちは、たまに質問もしてきます。私はやべっちが聞いたら喜びそうな、もしくはやべっちが不安にならないような答えを秒速で探し、大人しく返事をしました。私はゆっくり喋ったりゆっくり動いたりして、落ち着いた女の人を演じました。

「男が見栄を張ったり、無理してる時どうする？」というような質問を、やべっちからされた時だったでしょうか。私は脳のCPUをカリカリいわせて最適合アンサーを探し「うーん、そっと見守るかな……。好きな人には、自分のしたいようにして欲しい」と答えました。無論、本心ではありません。

その時です。やべっちは体を仰《の》け反《ぞ》らせ、私を指さしこう言いました。

「エエ女発見や！」

この言葉を聞いた途端、私の頭の中でドカーンと石油が柱を立てて湧きだしました。湧き上がる石油を、私は脳内でビシャビシャと浴びました。

「ついに、掘り当てた！」歓喜からとも、嫌悪からとも区別がつかない鳥肌が、全身に立ちました。恍惚《こうこつ》感に包まれてうっとりしながら、私は激しい虚無感にも襲われました。

「エエ女発見や！　エエ女発見や！　それ誰や！　キミか！　ちゃうわ！」俯瞰《ふかん》の私が、海老に擬態した私を脳内で責めまくりました。

やべっちからは無事に連絡先を尋ねられ、後日メールのやりとりをしました。営業の移動中や帰宅後に届く、ポジティブな絵文字付きのメール。私は、一生懸命可愛らしい返事をします。何度目かのやり取りで、やべっちの好きなミュージシャンはＧＬＡＹだとわかったので、私は自分の勘の鋭さにうっとりしました。普通の男は、やっぱりＧＬＡＹが好きなのです。

そうこうしているうちに、裏ＩＴ合コンの日がやってまいりました。

裏ＩＴ合コンでは、一〇〇％自分を出し切ることにします。頭の回転は速いが社交性に乏しい男は私の得意分野だったので、ある程度話が噛み合うことは予見できました。しかしながら、そんな相手とどんなに話が盛り上がっても、次に進まないこともままありました。これは私の見た目に問題があるのではないか？　という疑問がいつも頭の中を渦巻いていました。ならば、身綺麗にして合コンに行けばいい。そこで話が盛り上がっても次のお声がかからなかったら、これは私の容姿の問題。そう考えたのです。

こちらの合コンは、偏差値一〇〇万ぐらいの超エリート君たちがお相手でした。左から東大、京大、東大、慶応。これはこれでアリなんじゃないの!?　私の胸は高鳴ります。彼らは総じてもっさりしていました。西麻布のダイニングへ、ビーチサンダルを履いてきた男がいたこと。私は一生、忘れないでしょう。しかし、そんなことはどうでもいい。今回は、私らしさを一〇〇％解放する実験ですから。

白いワンピースにゆるふわの巻き髪をした私は、前回のだんまりストレスを晴らすように喋り倒しました。ゾーリンゲンや木屋の包丁に負けないくらい、スパッとスパッと鋭く彼らに切り込みました。敵もさる者で、どんな球を投げても瞬時に打ち返し、私はそれをまた拾って……。社交性はなくとも、頭の回転は異常に速い男たちでしたので、お互い蝶のように舞い、蜂のように刺したのです。

合コンは、いつしか同窓会のような気心知れた男女の集いになりました。四人ずつ二つのテーブルに分かれて座っていたのですが、しばらくすると男性がひとり隣のテーブルに移りました。私は構わず喋り続けます。

やがて、もうひとりの男性も隣のテーブルに移動していきました。隣のテーブルからこちらに移ってきた男性もしばらく喋ったら、またもといたテーブルに戻っていきます。こちらのテーブルに、男性が寄ってくることは皆無。おかしい。なにかがおかしい。

今回の合コンには、私が「プリンセスほっこり」と名付けた、癒やし系の女友達を連れていきました。プリンセスほっこりと、その他女友達二名と、私。男たちは、なぜかプリンセスほっこりのいるテーブルへばかり吸い寄せられていきます。こちらのテーブルに男性がひとりもいなくなってから、私は隣のテーブルを横目で観察しました。

私は驚きました。先ほどまでこちらのテーブルで丁々発止をやっていた男が、ほっこり姫と話している時には、鼻の下を伸ばして楽しそうに弛緩《しかん》している。こちらのテーブルでは、あんな顔を一度も見せなかったのに！　そしてプリンセスほっこりの態度は、前回の私の合コンでの態度（聞き役&全肯定）プラス、よく笑うの三点セットでした。

あとからわかったことですが、私のいたテーブルは男たちから北朝鮮と呼ばれていたそうです。そして、プリンセスほっこりのテーブルに移動することを、奴らは脱北と呼んでいた。ふざけるな！　頭の回転が速い男が、必ずしも女との丁々発止を求めているわけではないことを知った苦い夜でした。

普通の男合コンでは、興味深いフリをして話をおおよそ肯定していれば、男に好印象を残すことができました。裏IT合コンでは、白いワンピースも喋りが立つと台無しになることがわかりました。しかし私の問題は、見た目でも中身でもなかったのでしょう。オールマイティな型に自分をはめ込み、誰からも羨まれるような、オールマイティな幸せを手に入れようとしていたこと。その幸せを手に入れて、自分にOKを出そうとしていたことがいちばんの問題です。

同時に、「自分はどうやってもうまくいかない」という思い込みを、自らに証明しようとやっきになっていました。手に入りそうもない型の幸せの獲得にキッキツの矯正ギプスをはめて挑み、「ほうら、やっぱりダメだった!」と鏡の中の自分を指さしてNGを出していたのが当時の私です。なんでも白黒ハッキリつけたがり、ほぼ視界ゼロの色眼鏡で自分と人を見て、わかった気になって自分にバツをつけていたのだと思います。手に入りそうもない型の幸せが自分を幸せにしなそうならば、手放せば良いだけなのに。

幼少期に人より大きく育ち、奇形感を拭えないまま私は大人になりました。可愛いと思われたい女、死ね！　とヒガミながら生きてきました。しかし、普通の男合コンで褒めそやされて喜び、裏IT合コンでプリンセスほっこりの愛されっぷりにショックを受けたということは、私にも人から可愛がられたい欲求があったということです。

「可愛らしく相手の話を聞き、すべて肯定していると間違いなくモテるが、それは私ではない！」と大げさに自分を憐れんで萎縮するのは、結局のところ得策ではありませんでした。なにかに擬態するのではなく、好きな男以外には見せたこともない、米粒ほどの可愛さを拡張する筋力を鍛え、それをもう少し広域に見せる勇気を持つこと。それこそが、当時の私に必要だったのでしょう。そんなの女としての自分に、相当自信がなきゃできないよって話ですが、鶏が先か卵が先かって話でもありますよ。

正直に言えば、私はいまだ思い込みに囚《とら》われて自分にバツをつけ、ステレオタイプに足を捕《と》られてしまうことがあります。それでも〝Fake it till you make it!〟(できるようになるまで、できるフリをしておけ)と、私は自分に嘯《うそぶ》きます。あの白いワンピースに袖を通すことは二度となかったけれど、「白いワンピースなんて、私みたいな可愛くない女は着られません」と顔に書いて、街を歩く必要はない。着られるかもしれないけど、いまは着ていません、という顔をしておけばいいのですよね。

カワイイはだれのもの？

先日、とあるショップで大層おもしろい光景を目にしました。私がぷらりぷらりと店の中を歩いていると、スタイルの良いハタチ前後とおぼしきギャル二名がツツツと店内に入ってきまして、ディスプレイされているサマードレスを見るなり「カワイイー♪」とふたり同時に黄色い歓声をあげ、その後一分間ほど「カワイイ」だけで会話を成立させたのです。彼女たちはこんな調子でした。

（服を見つけて）
「カワイイー♪」（ふたり同時に歓声）
「カワイイ？」（A子、疑問形で確認）
「カ・ワ・イ・イ！」（B子がそれを肯定）
「カーワーイーイー!!!」（A子、肯定を受けて念押し）
「カッワイー！」（B子、ディテールに新たな評価ポイントを発見して再認識）☆
「カッ…カワイィイイィ～」（A子、興奮気味にB子の発見したディテールの可愛さを

肯定）☆☆
※以下、☆と☆☆の繰り返し
使用する単語は「カワイイ」のみ。語尾の上げ下げや、声色だけで意思疎通している彼女たちはまるで、吼《ほ》え方の違いで仲間と交信する野生の猿。もしくは、口笛の音だけでコミュニケーションをとることができる異国の山岳民族のようでした。カワイイ！　という言葉は、若い女性が使うとホントにサマになります。カワイイ！　は間違いなく彼女たちのものです。

辞書を引くと、「【可愛い】小さいもの、弱いものなどに心引かれる気持ちをいだくさま。愛情をもって大事にしてやりたい気持ちを覚えるさま」（大辞林 第三版）とあります。しかし、現代女性のカワイイの使用範囲は、先ほどの例をあげるまでもなく、本来の意味よりもずっと広い。物事や人物に胸を躍らせた時、それを肯定的に評価していることを示すのにも、女性は頻繁にカワイイを使用します。

女は死ぬまでカワイイが好き！　という雑な言説が許容される（というか断罪できない……）一部の女にとって大変生きやすい社会になり、いまでは「カワイイ」は正義の剣のようにブンブンとあちらこちらで振り回され、剣の持ち主も、十代から六十代までと幅広くなりました。

女性だけでなく男性も「可愛い」を使用します。耳を澄ませて聞いていると、男性の発する「可愛い」は女性が使う「カワイイ」と少し意味が異なる様子。ひとつは子犬や子供やテレビのお天気お姉さんを見て発せられる、記号的な「可愛い」。そしてもうひとつを文字にするのであれば、それは「かわいい」とひらがなで書きたくなる、パーソナルな愛に溢れたもの。ここではパーソナルな愛に溢れた感情を表す「かわいい」について少し考察してみたいと思います。

サンプルとしてA君三十三歳の話をさせてください。数年ぶりに彼女ができたA君は、彼女が好きで仕方がありません。この彼女が佐々木希似の二十四歳であれば「やー俺の彼女めちゃめちゃかわいいんだよね……」とノロケられても、誰もがうんうんと頷くしかありません。しかし、A君の彼女はバリバリ働くパワフルな年上女性。パワフルに働く女は可愛くない、という話ではありませんよ。ただ、小さくもか弱くもないだろうというのが、話を聞いている私の本音です。

彼が口にしている「かわいい」は、初見でわかる最大公約数的な女性の可愛らしさとは異なるものです。この「かわいい」は、恋する相手、もしくは好意を持っている相手に対してのみ使用されます。「昨日彼女が飲み過ぎて、すごいかわいかった」「蚊に刺された彼女の内股がかわいかった」「化粧とるとおばさんなんだよねー。すごいかわいい」など、個人的に見たシーンについての描写が多く、他人とはシェアできない独自のものさしで測られているようでした。男性はもとからわかりやすく可愛らしいものも大好きですが、それ以外にも、普段のイメージとは異なる女性の表情を発見すると「かわいい」と思うようです。

私は以前、この手の「かわいい」が大嫌いでした。気を抜いた拍子にうっかり「かわいいね」などと言われようものなら、キーッ！　と発狂して「馬鹿にしないで！」と態度を硬化させ、おどけた振る舞いをしたり、格下に見られたと腹を立てたりしていました。男性が「かわいい」を本来の意味の通りに使っているならば、私は彼より格下と認識されたということですから。成人した私は、自分が「小さいもの、弱いもの＝格下の生き物」として認識されるのが、とても嫌だったのです。それには、明確な理由がありました。

残酷ですが、世の中には幼少期より親のみならず他人からも「かわいらしい女の子ねぇ～」と評されて得（たとえばアメをもらったり）をしてきた女と、そうでない女がいます。この時、世間が女児に投げかける「可愛い」の質量は、小ささやか弱さだけではなく、見た目や振る舞いの画一的な子供らしさや、ビジュアルの善《よ》し悪《あ》しと比例します。

可愛さ格差が生む大人からの扱いと、享受する好機の差に愕然とした「そこまではかわいくない女児」たち、たとえば私などは、幼児期に親以外からの扱いで自己を肯定するのがとても難しかった。もともと少なかった私の小ささ資源やか弱さ資源は、成長に伴い一瞬で枯渇。潤沢な資源を保持したまま成長していく女児との扱い格差は、どんどん開いていきました。

ローティーンになると、今度は「男女に能力差はありませんよ、すべてにおいて平等ですよ」という教育を受け、「小さく」「か弱く」「庇護《ひご》の対象であること」が、絶対的価値を保証するとは限らないというパラダイムシフトが起こります。

この教育を通し、かわいい／かわいくない軸以外の評価軸を手に入れた女子、しつこいようですがたとえば私は、女としてではなく性別を超えた「一個人」もしくは「人間」としての評価軸を手に入れ、幼少期のかわいさ選手権予選落ちを取り戻そうとします。勿体ないことに、可愛い可愛いと愛《め》でられてきた女子の中にも「かわいい＝おつむが弱い」という短絡的な風説に反発し、わざと下品なことをして笑ってみたり、がむしゃらに勉強したりして、己の可愛らしさに甘んじない行動を選ぶのもいる。こうして考え過ぎの思春期を送ると、めんどくさい女の自意識の種は、どうどう巡りの思考を肥やしにぐんぐんとその芽を伸ばします。

可愛らしさを通行手形にして人生関所をらくらく通過する女たちを横目に、可愛らしさとは無縁の女たちも、人間軸での通行手形を手に入生関所を悪戦苦闘して通過します。彼女たちは自力で難関を突破する度人間としての自信を付け、女の可愛らしさなど、弱者のレッテルと同義に思うようになる。可愛いは、文字通り小さくてか弱いものだけのものになり、彼女たちとは一切の縁がなくなります。

そうやって大人になった女へ、他者から唐突に投げかけられる「かわいいね」の一言。可愛いと縁を切り人間軸で頑張ったのに、今度は可愛いと言われると馬鹿にされたような気になる。なんだか残念な話です。

思い起こせば幼少期、私は「可愛いね」と言われたかったはずです。私が欲していた「かわいい」は、肯定のしるしであり好意の表れでした。子供の頃あんなに欲していたものを、大人になったら拒絶するなんて。可愛らしさと自分は無縁と決めつけ、可愛いと思うことも、思われることも拒絶し続けた結果がこれだ。しかも恐る恐る腹の底を浚《さら》ってみれば、可愛いを拒絶し続けた大人の私の心には、可愛いと言われたい欲求がまだ残っていました。肯定されたいし、好意だって受け止めたい。あー困った。

困った時には、女友達に相談です。「三十過ぎて可愛いって言われたくなってるんだけどどう思う?」と尋ねると、ある女友達は「私は異性はもとより、同性から可愛いと言われるのも馬鹿にされているようで嫌。でも、言われた時にへっぴり腰で後ずさりせず、本当は幸せな気分に包まれたい」と言いました。別の女友達は「どうでもいい人から可愛いと言われると、裏があるのかとか勘ぐったり、キモイとか馬鹿にすんなと思う。でも、まあいいなぁと思う人から言われると、素直に嬉しい」と言いました。またある女は「そもそも可愛いの形は、自分で決めるものじゃないのかもしれない」と言いました。私が話した女友達はみな、良好な関係を持つ相手に可愛いと思われることには、寛容になりたいと思っていました。私もそうでした。

やがて私は、男性の発する「可愛い」に対して寛大になれました。男性に頼りたくなる瞬間があることも自認できるようになりましたので、そんな時はありがたく甘えさせていただくことにしました。なぜこんな器用なことができるようになったかと言えば、理由はひとつ。自分が小さくもか弱くもないことに後ろめたさも感じず、多少のことでは自分を格下とは思わない、正しい自尊心がようやく中年になって芽生えたから。男性が勝手に私のことを可愛いと思い、結果「守ってあげたい」とか「助けてあげたい」と思っても、それは私が無力であることの証明にはならず、私の能力とはまったく関係のない話。男どもよ、勝手に言ってろなわけです。人はこれを、加齢による図々しさとも呼びます。望むところです。

可愛いは誰のもの？　と聞かれたら、それは私ではない誰かのものだとずっと思っていました。カワイイものを身に付けることすら居心地が悪いほど、私は「可愛い」を敬遠していました。しかし紆余曲折あって、可愛いという感情は物や人との関係性に宿るものであって、それが自分に向けられても、自分がなにかを可愛らしいと思っても、別に目くじらを立てて否定する必要はない。可愛いは誰のものでもあるし、それが関係性の中で生まれているものであれば、年齢や性別にかかわらず、なにに適応されてもおかしくない。それんな結論に着地しました。

男と女の可愛いは同義ではないので、相変わらずチヤホヤされるか弱そうな可愛い女を見て腹が立つことはあるけれど、私には私のかわいいがあるぜ！　と開き直る。最大公約数の可愛いよりも、一対一のかわいいに価値を見出すことで、気持ちのバランスがとれるようになりました。四十路に足を踏み入れたいまでは、万が一可愛いとでも言われようものなら、もっと！　もっとくれぇ〜と厚かましく吠えたてる。加齢は人を強くしますね。

メガバイト正教徒とキロバイト異教徒の絵文字十年戦争

人前で女子然と振る舞うことが苦手な女たちにとって、絵文字機能がつくまでの携帯メールは、電話よりもずっと心に負荷のかからないツールでした。

電話はメールに比べ、多種の情報を相手に送ります。言葉以上に伝わるのが「声色」という恐ろしい情報。「大丈夫だよ」という言葉を明るい声で発すれば、電話の相手は言葉を信じて「大丈夫だ」と安心する。それを憂いのある声で発すれば、大した話でなくとも相手は話者を「本当に大丈夫なのかな……？」と心配する。視覚情報がない分、用件とは逆のメッセージさえ伝えることができるのが電話です。女性性を背負えない女たちにとって、声色の高等遊戯は至難の業。ですから、テキストメールの方が、電話よりずっと楽だったのです。

しかし、ある日どこかの誰かが携帯メールに余計な機能をつけました。まず、文字色。次に絵文字。そして、最終兵器の動くデコメ。これらはすべて、電話における声色と同じ役割を果たします。「大丈夫だよ」のあとに、泣き顔の絵文字を付けてご覧なさい。まったくもって、それは大丈夫な様子ではありません。

しかも、絵文字機能はすべて可愛らしさがベースになっていました。喜怒哀楽を表す絵文字では、可愛く喜ぶ、可愛く怒る、可愛く哀しむ、可愛く楽しむなど、必ず「可愛く」が感情の前に付帯される。それがいちいち引っかかります。可愛らしさが大前提のコミュニケーションなんて、無意識レベルで自己肯定ができていなければ、土台無理な話です。

こうして絵文字は「女の子は可愛いものが大好き」という教えを信じられない、異教徒を炙《あぶ》りだす踏み絵になりました。黒々しいテキストに可愛らしい喜怒哀楽を纏わせることは、ヒラヒラしたフリルのドレスを着るのと同じぐらい、異教徒にとって心地が悪い。

可愛い絵文字の使用、それは可愛いものが好きな自らを受容するだけでなく、相手にも承諾なしに「可愛いものが好きな私」の受容を期待する行為です。異教徒の経典には「女の子は基本的に愛される存在」という教えは記載されておりませんゆえ、女子メンタリティが試される数々の関所で毎回脂汗を流す異教徒にとって、これは苦行。

一方、絵文字をバンバン使えるのは、愛されること（受容されること）に怯《おび》えない愛され女子たちでした。彼女たちは、自らを可愛い存在として装飾することにまったく抵抗がありません。そんなこと、いちいち深く考えない。結果、文字面だけなら厚かましさが滲《にじ》みでるような要求は絵文字で鮮やかに彩られ、男たちは、文字面よりも意味深な絵文字に翻弄されました。笑顔！　ハート！　泣き顔！　星！　ハイヒール！　愛され女子たちは、絵文字を使っていままで以上に願いを叶えていったのです。

たとえば、屁理屈こねない愛され女子は「美味しいご飯が食べたいな」という独り言のような文面の「ご飯」のあとにナイフとフォーク、「食べたいな」のあとに目を輝かせてピコピコ動くパンダ（可愛い送信者を体現）とハートを入れることで、独り言を一気に「叶えてあげなくてはいけない願い（要求）」に昇華させます。

これは猫なで声と同質の甘えであり、他者から無条件で愛されることを前提にしたコミュニケーション。そんなアンフェアなことはできない！　私はギリギリと奥歯を噛みました。携帯の絵文字は地獄の烙印《らくいん》図録。気兼ねなく絵文字を使うことは、異教徒にとって改宗と同義なのです。


異教徒が心に負荷を感じず示せる感情は、テンションの高さだけ。それは、主にエクスクラメーションマークで表されます。

愛され女子が「お誕生日おめでとう」の「お誕生日」のあとにケーキやロウソク、「おめでとう」のあとにはしゃぐ小動物やキラキラ輝く星などを大量にデコレーションする一方、可愛らしさを付帯できない異教徒たちは「お誕生日！！！！　おめでとう！！！！！！！」とエクスクラメーションマークの数だけで、如何に自分がこの慶事を祝っているかを表します。

愛され女子が何の迷いもなく「おつかれさまです。仕事頑張ってね」という文面に、汗水たらして応援している小動物やフニフニ動くハートをポンポンと押す一方で、愛されることに怯えた異教徒たちは「おつかれさまです！！！！！　仕事頑張ってね！！！！！！！！！」と「！！！」の連打で励ましを伝えます。

愛され女子は相手の受信ＢＯＸの容量も気にせず、メガバイト級のデコメを送れます。だって自分は受容される存在だから。異教徒のメールは、どんなにたくさんのエクスクラメーションマークを付けても六キロバイトぐらい。女の愛され度は、送るメールの容量でわかるのではあるまいか？　メガバイト正教徒とキロバイト異教徒の間には、越えられない壁が立ちはだかっています。

キロバイト異教徒には、他にも悩みがありました。テキスト以上の感情を伝えずにメールを書こうとすると、相手に冷たい印象を与えてしまうのです。丁寧に書けば書くほど、こぼれる感情は排除され、普通に書いたメールを「静かに怒っている……」と受け取られてしまう。それを避けるために、メールは無駄に長くなっていきます。

ある時、ある人の配慮に欠けた行動が、私に不都合を生みました。恐縮しまくる相手に、私は怒っているわけではないと伝えたかった。至急修正しなければならぬことが出てきたので、怒っている場合ではなかったというのが正直なところです。

しかし、テキストで「怒っていない」と書けば書くほど相手に恐縮され、話は前に進まない。破れかぶれになった私は、怒っていない証《あかし》として「よろしくお願いします」のあとに笑顔の絵文字をくっつけました。すると、次の返信では、相手からすっかり緊張が解けていた。

ほほう、たったこれだけのことで、人はこんなにリラックスするものなのか。テキストではなにを言っても無駄だったのに、事態は絵文字ひとつで私の望んだ方向へ進んでいきました。

それ以降、私は絵文字でいくつかの誤解を避けることができました。メールの文面で悩みに悩み、怒っていると思われたらどうしよう？　冷たい人と思われたらどうしよう？　あれこれ悩んでいらん自虐ネタをふたつもみっつも文面に放り込む前に、笑顔の絵文字をポンとひとつ押す。ちょう楽。絵文字マジ便利。言外に感情を漂わせることが苦手な女にとってこそ、絵文字は便利なツールなのです。

そして昨今、異教徒にとって状況はより快適になりました。ＬＩＮＥやカカオトークには、可愛らしさをベースにしない、ふざけたスタンプがたくさん初期設定されています。私が十年かけて絵文字と和解したのと時を同じくして、メガバイト正教徒とキロバイト異教徒の東西を分ける壁が、勝手に崩れていきました。

いや、勝手に崩れたは言い過ぎだ。これは「女はとにかく可愛いものが好きなんだろ」

という企業の思い込みが、少なくなった証でもあると思います。可愛いものに諸手を挙げて同化できない女にとって、生きやすい世の中になってきたことを、私は心から喜んでいます。

隙がないこと岩の如し

隙がない。いままでに何度言われたことでしょうか。千や二千では済まないと思います。私は、二十代後半になってそう言われることが、グッと増えました。その頃「隙がない」と言われることが、最大の悩みでした。なぜって、その言葉がポジティブに使われることは、滅多になかったからです。

ひときわ異性関係において、隙がないことは致命傷のように言われます。隙がない女にとって、隙とはなんだか漠然とした空気のようなもの。得体の知れないそれを模倣しようとしたところで、「隙」と「媚び」と「馬鹿」の違いさえわからず、オロオロするのが関の山でした。ちなみに、オロオロは隙とは見なされません。そうなるとこちらも、「そもそも隙のある女が良いなんて、隙につけ込もうとしている人間の志が低いだけの話なのではないか？」と仏頂面になり、ますます隙がなくなる始末です。

三十代も半ばになると、今度は自分自身が己の隙のなさに辟易とし始めます。男性と良い雰囲気になろうにも、あとちょっとのところで気恥ずかしさから大きな声を出して挙動不審になったり、沈黙に耐えられず次の店に行くか帰るかを早急に尋ねたり、逆に「お見通しよ！」と言わんばかりにエロスの主導権を握ろうとしたり。とにかく、共有している場の時間や空気の流れを、相手に預けられない自分に気付くのです。

場を仕切りたがる理由を己に探せば、三十余年もそこにある、不安定な傷つきやすい心を見つけてしまうハメになる。その心の奥底の、やわらかくてみっともない湿った場所。ここに誰かが入り込んでこようものならば、バーンと内側からドアを閉める。そこまでしてようやく、隙がないのは、自分の弱さが起因している場合もあるのだと気付きます。傷つくのが怖い三十歳前後の縁遠い女は、デート未満のサシ飲みからなにごともなく帰宅してふと「こ、これが隙のなさか……」と、ぐったり玄関でうなだれます。

私は酒焼けしたような低い声を持つ下戸でして、下戸だと言うと、ほぼ一〇〇％驚かれます。大酒が飲めそうな風情が下戸なのは意外性と映るようで、これが予期せぬ可愛らしさを相手に印象付けることがあります。若い頃の私は「できない」が「可愛らしさ」に変換されることに、この上ない居心地の悪さを感じていました。しかし同時に、酒を飲むと隙ができるという古の伝えも知っていた。ということは、圧倒的にできない飲酒行為を自らに採り入れたら、隙が手に入るのではないか？　そう思った私はある日、信頼できる友人の監視のもと、ジュースと大差ないほどに薄まった酒を飲む実験（オススメしません）を行いました。

するとどうでしょう、ふた口も飲まないうちに頭の回転は急速に低下し、私は頬杖をついてバクバクする自分の心臓を体感するので精いっぱいになりました。頭と体の各部位をつないでいる線が切れてしまうような恐怖と、その恐怖を感じることすら億劫な気持ち。

川に流されていく自分の体を、岸でボーッと見ているような変な気分。座っているのも精いっぱいで、できれば誰かに体をもたれかけたい。そんな自分にウフフと笑いもこぼれでる。ふーっと大きく息を吐く。こんな自分は好きじゃない。好きじゃないけど、もうどうでもいいかも。あはは、あはは。

ギリギリの客観性は持ち合わせていましたが、私はいつものように俯瞰で全体を見て行動することができなくなりました。弛緩《しかん》した顔で隣の人に微笑みかけ、甘えた声を出すなんて、嫌いなタイプの女に憑依《ひょうい》されたようでした。いや、そんな女が内側から顔を出したと言う方が正確かもしれません。どちらにしろ、オエー！　です。

体が水死体のように浮腫《むく》んでしまうため、飲酒実験は数回でやめました。が、私はこの時確信しました。アレが、世に言う隙だと。

苦節三十余年、私はついに隙を体感することに成功したのであります。場の流れを漕いでゆく船の舵を手放したら、隙が生まれたというだけの話ですが、それまでは、弱さや無能の発露こそが「隙」だと思っていました。慣れない酒を飲み、自分の呼吸で精いっぱいになっている状態は、無能と言えば無能です。が、それ以上に特筆すべきなのは、自分がどのような状況に置かれ、どのような振る舞いが求められているかを勝手に想定し、人との関係性を自己都合で定義した台本を読み、相手にもその台本を読ませるような振る舞いが、酒のせいでできなかったこと。その状態を人は「隙がある」と認識すること。そして、隙が相手に余裕を与えるということ。

私はよく「しっかりした人」と言われますが、それはあいまいな空気を漂わせたままにしておくことが苦手な、自信のなさの裏返しでもあります。しっかりしていないとみっともなくはしゃいだり、みんなと一緒に場の空気に馴染んだりできなくなるのではないかという恐怖を、私はいつもうっすら感じていました。多少の発展を予感させる異性を前にすると特に、感情と役割の白黒をハッキリつけないと、息が詰まってその場にいることが耐えられませんでした。

隙のある状態に耐えられる能力は、あいまいな空気を他者との間に漂わせたままにできる強さです。一見主体性のない女の子の方が、強気な女よりずっと強いと思うことがあるのは、己を漂わせる強さを彼女たちが持っているからです。

周囲から強いと思われている人は、大抵とんでもなく弱い。ヤンキーがビール瓶で脛《すね》を叩くように自己鍛錬をしてきた女でも、なぜかこの弱さには目を瞑《つむ》ってしまいます。目を瞑ったまま鎧をどんどん厚くし、甲冑《かっちゅう》の隙間をパテで埋めていく。そして文字通り、隙は一ミリもなくなってしまうのです。

舵を手放すとは、自分以外の誰かに舵を預けるのと同義。それは、普段は絶対外に滲《にじ》ませない無防備な気持ちを、そのままアウトプットすることにもつながります。つまり、傷つく可能性が増えるということです。しかし、それを恐れるなかれ。

隙があろうがなかろうが、これからの毎日で傷つくことを完全に回避したり、絶対に傷つかない心を育てたりするのはとても難しい。けれども、いままでの毎日でアホみたいに傷ついてきた私は、とりあえず今日もご飯を食べて健やかに生きている。

私には回復力がある。たとえ遠海に放りだされても、手放した舵をもう一度自分で握って、ひとりで漕ぎだす力がある。舵を手放すためには、そう信じる必要があるのでしょう。これは色恋だけでなく、仕事でも言えることだと思います。「これ、白黒つけずに放っておいてどうするの？」と思っても、グッとあいまいな空気に耐える。そうすると、相手が舵をとって船が進んでいく。隙は作るものではなく、堪《こら》えることや任せることや信じることで生まれるもの。それが私なりの結論でした。

ファミレスと粉チーズと私

粉チーズは高額嗜好品《しこう》であります。コンビニでも買える、クラフト一〇〇%パルメザンチーズの希望小売価格は四六〇円。しかも税抜きで。二〇一五年に消費税が一〇%になったら、粉チーズは五〇〇円を超える。あんなに細い円柱が、五〇〇円を超えるんですよ。ゆゆしき事態です。

ですから私は、無名ブランドの巨大なパルメザンチーズを買って、それを冷凍庫で保存しています。その方が内臓には悪いが、心臓には悪くない。無名ブランドの巨大粉チーズは一〇〇〇円を超えますが、その分すぐにはなくならない。だから、私はしばらく心穏やかに生きられるのです。コンビニであんな細長いものに五〇〇円以上も払う余裕は、残念ながらまだありません。

三日前、パスタを茹でました。茹で始め五分で、鍋にブロッコリーを入れます。三分もすれば、ブロッコリーはみずみずしい緑に色を変える。それをパスタと一緒にザルにあげ、オリーブオイルを垂らしたフライパンに、ザルの中身と手で裂いたエリンギをドロップ。

家にあったトマトソース缶をフライパンにブチまけ、シャシャシャシャと炒めて塩コショウで味付けをしたら、トマトソースのパスタが完成です。

テーブルに皿を運び、冷凍庫に頭を突っ込んだが、そこに粉チーズはなかった。あー粉チーズ切らしてたなーと思い、チッと舌打ちをして、私はパスタを食べました。

二日前も、パスタを茹でました。今度は細長いスパゲティではありません。ショートパスタです。冷蔵庫に長ネギしかなかったので、茹でたパスタにアラビアータのソースを混ぜて私のランチは完成し、そこで粉チーズが切れているのを思い出した。あー粉チーズなかったなーと思い、チッと舌打ちをして、私はショートパスタを食べました。

昨日ファミレスに行きました。パスタ続きだったので、ドリアをオーダーしました。誰がなんと言おうと、ドリアとパスタは別物だ。

ドリアとドリンクバーのセットをオーダーした私のもとへ、店員さんはフォークとスプーンと一緒に、クラフトの粉チーズを持ってきました。こういう時に、私は神を感じます。神は見ていてくれる。予想外の粉チーズの登場に、心の中でハレルヤ！　と歓喜の声をあげていたら、あつあつのシーフードドリアが、あっという間に運ばれてきました。

つい先ほどまで冷凍だったに違いない、イカやエビなどの魚介類。それらをフォークで掬《すく》えば、安っぽいチーズがビヨーンと糸を引きます。チーズの下には、なにで色づけされたかわからない黄色い米。ドリア皿の六分の一程度をかき混ぜて熱を冷まし、フォークの上にイカ、エビ、チーズ、黄色い米で小さな王国を作りましょう。念には念を入れ、フーフーと息を吹きかけて、小さな王国の熱気を冷ます。待てい、待てい。私は自分で自分を焦らします。

下唇でフォークの温度を確かめながら、満を持してそれを口に含みます。おお、舌に広がる単純な味。美味しい。これぞ、私がメニューを見ながら想像した通りの味ではないか。そうかおまえは六〇五キロカロリーか。私はメニューに書かれた小さなカロリー表示を見ながら、皿の縁についた焦げ目までドリアを堪能しました。

至福の時をドリアとともに過ごし、ああ美味しかったとフォークを置く。その瞬間、私はドリアに粉チーズを振りかけ忘れたことに気付きました。

クラフトの細長い筒は、店員が置いた場所から一ミリも動かずそこに居る。大げさに聞こえるかもしれませんが、その時確かに時が止まったのです。

粉チーズは罪な食べ物で、それ単体では食べられない。粉チーズは罪な食べ物で、それ単体では食べられないのですよ。

私のもとに粉チーズを遣わした天使だと思っていたファミレス店員が、今度は光の速さで食べ終わったドリア皿と粉チーズを撤収します。憧れのクラフト粉チーズは、私にひと振りもさせず、その場を去っていきました。

幸運の神様には前髪しかない。だから、神が目の前に現れた時、前髪を摑まないと幸運は摑めない。その場を立ち去る神の後ろ姿を捕まえようとしても、後ろ髪がないので捕まえられない。以前、そんなことをテレビで見たか漫画で読んだかした記憶があります。

たかが粉チーズ、されど三日も待ち望んだ粉チーズ。今頃は誰かの皿に、白雪のようなその身を振りかけられているのでしょう。パスタにもドリアにも、いつか思う存分かけてやる。クラフトよ、その細い首を洗って待っておけ。

ブスとババアの有用性

人の容姿をくさす言葉は数あれど、赤子から今《いま》わの際《きわ》まで女を等しく貶《おとし》めることができる言葉、それが「ブス」。ブスと言われて、気を悪くしない女はほとんどいない。女にだけ投げかけられる侮蔑《ぶべつ》語として、ブスの次に有用なのが「ババア」。年を重ねたことがマイナスに作用していると、女に認識させる言葉です。確かに嫌な気分になりますねぇ。発言者の勝手なものさしで測られた結果なので、ブスでもババアでもないことを証明するのは、至難の業ですし。

ブスやババアと言われると腹が立つのは、自分の価値が低いと人に決め付けられた気になるから。これは、不細工と加齢は女の価値を下げるという認識が、人々の間で共有されているからこそです。

ブスの対義語は「可愛い」や「美人」。ババアの対義語は「若い」あたりですかね。侮蔑語の対義語は、見事に褒め言葉。これもまた、「可愛い」「美人」「若い」女は価値が高いという認識が、社会である程度共有されている証です。

アイドルのプロデュースに関わる仕事をしていた時、インターネットの掲示板やまとめサイトを覗きに行くことが頻繁にありました。そこでは、アイドルや女優やモデルの風貌の変化を「劣化」と呼んでいる場面によく出くわしました。

たまたま不細工に写った写真を並べ、不特定多数の人間が「ブス」「ババア」といったコメントをつけて嘆いている。はなはだ余計なお世話ですが、下世話な好奇心が満たされるのも確かにわかる。しかし、中には下世話では済まされないほど、読んでいて不愉快なコメントもありました。劣化とやらを、まるで集団で罰を与えるように嗤《わら》っているのです。罰があるところには、罪が存在するはずです。美しい芸能人の容姿劣化、それ自体が罪なのでしょうか？　いや、違う。元をただせば女たちが、以前は可愛くて美人で若かったことが、罪と認識されているように私には見えました。

劣化を嗤う人は、女が可愛くなくなったことを「ざまぁ！」と嗤います。なぜ「ざまぁ！」なのか？　それは、若くて可愛くて綺麗だったこの女を、妬んでいたからではないでしょうか。なぜ妬むかと言えば、その女が「可愛い」か「美人」か「若い」か、もしくはその全部のおかげで、不当に優遇されていたと信じているから。私はそう思いました。

劣化した女を嗤う人は、可愛くて若い女が優遇されることで、自分が割を食って損をしているとさえ思っている。自分が社会で正当な評価を受けていると感じていたら、女の劣化を嘆くことはあっても、罰を与えるように嗤う必要はないはずですから。

発言者は男性ばかりとは限りません。女だって、同性だからこその嫉妬は激しく渦巻きます。たとえば整形。これを蔑《さげす》む女がいるのは、親にもらった体を傷つけることに反対だからだけではないでしょう。持って生まれた以上の評価を、整形によって世間から受けようとしているのが浅ましいと感じるからです。つまり、優れた容姿を持つ女はそれだけで高い評価を受け、人より楽して得をすると信じられていることの裏返しでもあります。

気に食わない言動をする不美人な女を「ブスのくせに」、若くない女を「ババアのくせに」と蔑む人もおります。可愛くも美しくも若くもないのに、分不相応な言動が目に余るというわけです。女には容姿美か若さでしか、価値が発生しないと思っているんでしょうかね。思ってるんでしょうね。

可愛くて美人で若い女は、自分が割を食うほど不当に優遇されている。それを罪と見なしているのならば、大笑いです。だって、可愛くて美人で若い彼女たちに高い価値を付け、それに心を奪われていたのは他でもない、劣化を喜ぶ人たちなのですから。若くて可愛くて美人な女に高い価値を付け優遇し、それを妬み、のちに罰を与える。これは完全な自転車操業です。

「ブスのくせに」「ババアのくせに」「可愛いからって」「美人だからって」「若いからって」と文句を言う男も女も大忙し。すべては女の端麗な容姿や若さ以外に価値を認めない自分の価値観が発端ですが、その構造にまったく気付いていません。「優遇されるに値する！」と「不当に優遇されやがって！」の両方が自分に内在していることに、無自覚なのですよ。

三十代も後半になってから人前に出る仕事をするようになり、今度は私が見知らぬ人からブスやババアの洗礼を受けるハメになりました。豊かな肉付きのおかげで、私はブスやババアにデブを加えたトリプルコンボ。

若い時分に可愛くも美しくもなく、その手の恩恵をまるで受けられなかったというのに侮蔑だけは浴びるなんて、人生は本当に不公平です。もちろん、自分をブスだなぁと思うことも、デブだな！　と感じることも、ババアになったなぁ〜と思うこともあります。しかし、それを見知らぬ他人に断罪される覚えはない。

ブスデブババアの悪態吐きは、若さと容姿美でしか女の価値を認められない、感受性の乏しい人たち。そこに気付いてからは、さほど腹も立たなくなりました。俗に言う上から目線で「この人は、自分が世間から正当な評価を受けていないと感じているのだなぁ」とニヤニヤして終わりにします。だからこそ、ブスデブババア起因ではない苦言には、自らを省みることもできる。ブスでデブなババアは、自尊心が高く、結構しぶといのです。

ブスやババアと罵る人を糾弾して悔い改めて貰うことも、自分をブスとかデブとかババアと思わないようにすることも、かなりの労力が必要です。人の心はコントロールできません。だから、ブスデブババア起因の不当な扱いを、真に受けず受け流す強い心を育てる。

これはなかなか根気の要る作業ですが、いまのところ私には功を奏しています。

何の実績もない、どこの馬の骨ともわからない私のような中年女が、本を書いたりラジオで喋ったりしている事実。容姿や若さ以外の要素でも好意的な評価を受けられることがあると、厚かましくも信じようではありませんか。と言うか、容姿や若さ以外に好意的な評価をくれる人と、濃い付き合いをするように努める。それぐらいの自分勝手は、許されて然るべきです。

そもそも、自分が女であるというだけで、誰かの劣等感のパラドックスに巻き込まれるのは不条理過ぎる。ブスやババアは気に病む要素にはなり得ても、他人がこちらを傷つける道具にしてはならないと思います。

そして、今度はブスやババアと誰かに言いたくなる自意識の問題。かく言う私も、女の端麗な容姿や若さに自分で高い価値を付けながら、それを恨めしく思うことがあります。私自身も、ハードコアな自転車操業者なのです。卑屈な感情を伴って、誰かを「ブスのくせに」「ババアのくせに」と思う時は、私も自分自身に低い評価を付けている。私はその言葉を使い、相手の価値を自分より低いところに引きずり下ろしたいのでしょう。誰かを「ブス」「ババア」と思ってしまう時は、ああ私はいま自己評価が著しく低いんだなと、これまたニヤニヤするようにしています。まぁ、たまに心底ハラ立つ女には使っちゃうけどさ。

私は四六時中綺麗な心ではいられません。しかし、ドス黒い気持ちの内訳がわかっていれば、自分で自分の足を引っかけるようなことはしないで済みます。ブスやババアという言葉は大変有用性の高い言葉ですが、有用性が高い所以《ゆえん》さえわかっていれば、その言葉を浴びる側としても発する側としても、有効性の高い言葉にはなり得ないのだと思います。

ババアの前に、おばさんをハッキリさせようではないか

ブスやババアを無効化したので、今度は「おばさん」という言葉について考えたいと思います。「おばさん」は本来、中年以降の女性を「親しみを込めて」指す呼称だそうです。しかし、いつの日からか、この言葉もネガティブな意味を持つようになりました。

私は三十代に入ってから、「おばちゃん」「おばさん」と呼ばれる機会が、ゼロではなくなりました。男性や若い女性の口から発せられる以外にも、女性自身が自らの「おばさん的容姿、行動や思考」を発見し、自分で自分を「おばさん」と呼ぶこともあります。親しい同性同士で「もう、おばちゃんよねぇ〜」と言い合うこともあるでしょう。親しい間柄なら軽い自嘲と慰めにもなりますが、こちらが親しみを感じていない相手からその言葉を投げかけられるのは、ババアほどではなくとも、イマイチ納得がいきません。

八〇年代の話ですが、社会から期待される女性らしい振る舞いを放棄し、男の遊び場と呼ばれるゴルフ場や居酒屋にも臆せず足を踏み入れた若い女たちは「オヤジギャル」と呼ばれていました。ちょっと前には、テレビドラマから派生した「おやじ女子」という言葉もありました。「オヤジギャル」も「おやじ女子」も自分の楽しみ、自分らしい振る舞い

を異性の目よりも重視しているのが共通点ですが、おやじ女子はオヤジギャルよりもう少し年齢が上。三十歳以上で、自分で働いて生活を回していることに自負があり、精神的にも自立心が高い。働き過ぎで、まるでオッサンのように疲れているけれども……。

私は社会的、金銭的に自立しています。精神的にもほぼ自立しています。働き過ぎで、疲れてもいます。世間で言う「おやじ女子」のひとりでしょう。しかし、自立の上での行動を「おやじ」と称されることにも、その言葉をいい年して「女子」で受けるのも、あまり好きではありません。とは言え、正確さを追求して「おやじおばさん」と言われればゲンナリしますし、女だからと「おやじ」を外したら、ただの「おばさん」になって、ますますゲンナリします。おやじのような己の振る舞いを自覚した時よりも、おばさん的行動や思考を自分の中に見出した時の方が、私は遥かにがっくりくる。これはなぜでしょうか？

試しに「おばさん」をｇｏｏｇｌｅで検索してみたところ、検索結果のいちばん上に「みなさんはどういう人をおばさんだなと感じますか？（年齢に関係なく行動、思考等で）」という発言小町のトピックが出てきました。それに対し、図々しい、うわさ話が好き、所帯じみている、贅肉が付いている、無駄の多い言動、流行外れのファッションやメイク、などが「おばさん」の特徴として挙げられていました。なんとネガティブな言葉ばかりなのでしょうか！　これでは、加齢したからと言って、やすやすと「おばさん」の称号を受け取る気にはなれません。「おばさん」は年齢域だけでなく、対象者の性質を表す言葉でもあるようです。

発言小町で挙げられていた「おばさん」の特徴に共通するのは、恥じらいの欠如。それは、単に女らしくないということではありません。恥じらいのなさとは、客観性の欠如とも言い換えられるでしょう。客観性がないということは、社会性がないと見なされているのと同義。社会性とは、集団を作って生活し、他人との関係などの社会生活を重視する性質です。大人になればなるほど、備えていて然るべしとされています。道理で私が「おばさん」という言葉に嫌悪感を抱くわけです。社会性と客観性がないなんて言われたら、ひどいダメージを受けますから。

順序立てて考えていたはずが、「おばさんには、客観性も社会性もない」と、私のおばさんに対する偏った見解が顕在化してしまいました。我ながら、これはひどい誹謗です。「中年女性には集団を作って生活し、他人との関係などの社会生活を重視する性質がない」という結論に私が至ったのは、発言小町に列挙されていた「図々しい、うわさ話が好き、所帯じみている、贅肉が付いている、無駄の多い言動、流行外れのファッションやメイク」という特徴が発端です。私はなぜ、それらを客観性の欠如＝社会性の乏しさと捉えたのか。そもそも、社会性の「社会」って、誰の社会なんだろうか？

つい二十年前まで、女は二十代中盤には仕事を辞めて結婚し、家庭に入ることが一般的とされていました。結婚して家庭に入った女性は、そのコミュニティで衝突なく生活していくために、そこで通用する社会性を身に付けるはずです。そこでは、たわいもない世間話は重要なコミュニケーションツールかもしれない。無駄が多いと思われる言動は、その社会で重要な意味を持つかもしれない。もしくは、無駄を省いた行動が、そこまで必要とされていないのかもしれない。ファッションだって、流行を取り入れる意味がないから、気を配っていないだけなのかもしれない……。

私のイメージする「社会」とは、自分が属する集団だけでなく、それ以外の集団がいくつも集まった大きなコミュニティです。そこでは他集団との折衝《せっしょう》能力が必要とされ、なにより自分の食い扶持《ぶち》を自分で稼いでいることが参画するための条件として挙げられます。つまり私は無意識に「大きな社会」のルールを、働き続けることが当然とされている男社会のルールになぞらえて考えているのだと思いました。であれば、すべての世代の女性が、その社会性を現状持ち合わせているワケがない。働くおじさんが突然家庭に入った女性の集団に放り込まれ、その集団の不文律に則《のっと》った行動をするのはなかなか難しいでしょう。それと一緒だと思いました。

男性社会で働き、自分をある程度客観視できるはずの私は、自らのおやじ性には寛容ながらおばさんと言われることに拒絶反応を示す。これは自分の消えない少女性を尊重しているからだけではなく、男社会の社会性に欠けた人間とは思われたくないからなのでしょう。「男社会め！」とハラを立てながらも、認められようと頑張っていたら、うまく手なずけられちゃったような気分です。自分が測られたらイライラするものさしで同性を測っていたなんて、ホント馬鹿みたい。

ではどうしたらいいのか？「女子」と「おばさん」の間に、なにか適当な呼称を作りだせばいいのかしら。いやー、私の想像力では、それを上手にイメージできません。

ならば、おばさんの定義を、私たち中年の女が変えていくのはどうでしょう。「おばさん」が本来持っていた、中年以降の女性を親しみを込めて指す言葉としての意味を回復し、その上で、「おばさん」という言葉を現代に合わせて再構築していくのです。その方が、生物学的にもう若くはない女を誰にも「おばさん」と呼ばせない社会を作るより、楽しそうじゃないですか。さー、具体的にはどうしたもんかね。

Proud to be a BBA

さて、おばさんの次はババアです。

ＢＢＡというアルファベット三文字を見て、なにをイメージしますか？　私はババア。「婆（ババア）」は本来、年老いた女性に使う蔑称であったのに、いつのまにか「三十過ぎたらババア」のように、成長期を過ぎた気に食わない女に貼られるレッテルになりました。

ＢＢＡという言葉は、男性からのみ発せられるわけではありません。若い女性も、のちに自分がＢＢＡになることは棚に上げ、年上の女性を（たとえそれが二十代であっても）ＢＢＡ呼ばわりすることがあります。若い娘がハタチを過ぎたことを悲観して、自らをＢＢＡ呼ばわりすることだってある。Ｄｏ ｏｒ Ｄｉｅよろしく、Ｙｏｕｎｇ ｏｒ ＢＢＡの厳しい世界です。

おばさんに続き、今度はＢＢＡをｇｏｏｇｌｅ検索したら、おもしろい現象を目にすることができました。中年女性をＢＢＡと罵りながら、ぐうの音も出ないほどにＢＢＡを溺愛している人たちが、そこに居たのです。

中年域に入りながらも、綺麗で可愛らしい魅力的な女性芸能人を、ネットの住人たちは

ＢＢＡと愛情を込めて呼んでいます。たとえば、永作博美、篠原涼子、ＹＵＫＩ、深津絵里、吉瀬美智子、木村多江。彼女たちは三十代後半から四十代前半です。年齢的にはまごうことなき中年女性です。

確かに見た目は若々しいが、かと言って二十代に見える人はひとりもいません。しかしそれでも、なんにつけても口の悪いネットの住人たちは、このＢＢＡたちに女としての魅力を感じています。いわゆる熟女フェティッシュ（熟れた肉体を持つ中年女が欲情している前提）とは、別の嗜好性で。

言葉で侮蔑しながらも、存在に夢中になる。この現象に、私は既視感がありました。黒人（アフリカ系アメリカ人）文化です。

アメリカ合衆国で奴隷制が法的に廃止されたのが一八六五年。アフリカから意思に反して連れてこられた人々は、その年から書面上では奴隷でなくなりました。しかしご存じのように、そこから差別と闘う、長い長い歴史が始まったのです。

差別と闘う黒人の人権回復に比例するが如く、差別する側とされていた白人たちが、黒人から生まれた文化に憧れ模倣する現象が起き始めます。一九二〇年代〜三〇年代、白人ジャズミュージシャンやスウィングミュージシャンは White Negro と呼ばれ、九〇年代にはステレオタイプなヒップホップカルチャーに憧れた白人が Wigger（White+Nigger。Nigger という差別用語の頭に、白人を指す White の頭文字 W をつけた言葉）と呼ばれるようになりました。やがて、今度は一部の黒人が自分自身や、親しい黒人仲間を呼ぶ時に「Nigga」というスラングを使うのをヒップホップカルチャーで耳にするようになりました。他人種から浴びせられた差別用語を、黒人の中だけで使用できるスラングとして昇華させたのです。もちろん、別の人種が黒人をそう呼んだら大問題になります。血の滲《にじ》む歴史を体感していない私が、こんなことを口にするのすら、本来なら憚られることなのかもしれません。

しかし敢えて言いたい。I have a dream. 私はＢＢＡという言葉が、ＢＢＡ同士で気軽に誇らしく使えるようになる日を夢見ています。毒蝮三太夫と少々品のない中年女性だけが、親しみを持って使えるスラング、それがＢＢＡ。それ以外の人が面と向かって中年女性に言ったら、非常識だと世間からひどく顔をしかめられる言葉、それがＢＢＡ。

若い女の子が（そのまま待っていればＢＢＡになるにもかかわらず）ちょっと真似したくなるＢＢＡファッションとＢＢＡメイク。インスタグラムで #iksbba（イカすババア）というハッシュタグが飛び交う世界では、ＢＢＡは加齢がネガティブに作用した中年女ではなく、社会的にイカした中年以降の女を指すのです。とにかく、私たちがオリジナリティを持って格好良くなればいい。言うは易し、行うは難しですが、目指すところがわかっただけでも進歩としよう。

女性が家事、出産、子育て以外でも十二分にその力を発揮し、男性も子育てや家事に積極的に参画するようになれば良いと、確か政府も言っていたはずです。本当にそうなったら、社会性の定義やBBAの意味が変容することも、ない話じゃないかもしれません。

「永作やYUKIなんて芸能人だから特別でしょ〜」と白けている場合ではありませんよ。BBAが独自の格好良さを見出されるように、身軽な女からどんどん現状の社会に出ていこうではありませんか。私も将来はイカすBBAになるべく、これからもこの社会で元気にのさばり続けるつもりです。男もどんどん女社会に入ってこないと、数年後は「カッコイイ男」の定義がまるで変わっているかもしれませんよ。

ピンクと和解せよ。

ピンクは好きですか？　儚《はかな》く淡いピンク、溌剌《はつらつ》としたビビッドなピンク、若々しく透明感のあるピンク。子供の頃からずっと、私はピンクが大の苦手でした。ギリギリ許せて、サーモンピンク。サーモンピンクには奥ゆかしさがあるからな。しかし「正統派」な女の子は、往々にしてピンク好きが多い。そして私は、ピンクと気負いなく戯れる彼女たちを見ると、なぜか胸が潰れそうになっていた。

ピンク。あんなに自己愛の強そうな色はないでしょう？　あんなに媚びて発情している色もない。あんなに「可愛さ」が画一的に記号化された色もない。ピンク好きを公言したり、ピンクの小物を持ったりするのは、可愛がられたい気持ちを前面に押し出しているのと同義！　そんなのズルいし、そもそも恥ずかしい。愛玩対象として世間様に自分を提示するなんて、私のプライドが許さない！「女と言えば、ピンク色」なんて思われてるけど、私は女である前に人間です！

まぁそんな感じで、随分長いこと私はピンクを毛嫌いしておりました。「もっとピンクのお花を部屋に飾ったりして、自分の女性らしさを愛してあげた方が良い」などとスピった人に言われ、怒髪天を衝いたり忙しい毎日でした。しかし、よくよく思い返してみると、いつからピンクを嫌いになったのかが思い出せない。いやむしろ、私にもピンクに憧れた時代があったような気がしたのです。

あれは幼稚園生の時分でしょうか、私はピンク色の靴を欲しがりました。確か、その当時流行っていたアニメのイラストがプリントされたズックだったと思います。子供のことですから、自分に似合うかどうかなんて客観性は持ち合わせていません。ただただ、私はその可愛い靴が欲しかった。それを身に付けたかった。しかし、ファッショナブルな母は「あなたにピンクは似合わないわよ」とそれを一蹴しました。

母にまるで悪気がないのは、子供の私にもわかりました。わかったからこそ、キツかった。そして母は正しく、のちに子供時代の写真を見ると、私は圧倒的に、母が好んで着せていたネイビーブルーがよく似合う女児だったのであります。

この記憶を思い出すまで、私は自発的にピンクを嫌っていたのだと思っていました。「あんなのは従属的で、脇の甘い女が好む色だ」と、自分からピンクを拒絶したと思っていた。しかし、それは間違いでした。私はもっともっと昔、ピンクに負けていたのです。ピンクから選ばれなかったと言ってもいい。選ばれないなら、こっちから願い下げだ！　とひとり息巻いていただけだったのかもしれません。それからずっと、ピンクは私を不安定にさせる、居心地の悪い色ナンバーワンになりました。似合わないから嫌いになったなんて、なんと格好悪い話でしょう！

私が子供の頃、女児用のおもちゃはだいたいがピンク色でした。テレビや絵本に出てくる可愛い女の子も、大抵ピンクを身に付けていました。『ドラえもん』のしずかちゃんは、いつだってピンクの服を着ています。『サザエさん』の花沢さんには、ピンクの服のイメージはありません。どちらが異性から愛されている中心的存在の女子かは、言わずもがなです。当然、私もその流れでピンク色のなにかを持ちたがりました。たとえばコンパクトケースや、おままごと用のキッチン玩具。そして、私はピンクの靴を可愛いと思いました。可愛いものを身に付けて、自分も可愛くなりたかった。ピンクは可愛さの象徴でしたし、可愛い子供は愛でられた。私は可愛くなって、もっともっと愛でられたかった。いまから思えば、そういうことだったのだと思います。

「可愛さ」と「愛されること」は私の中で等記号で結ばれていたので、ピンクを身に付ければ私も無条件に可愛くなって、愛されると思っていたのかもしれません。そこで、ピンクが似合わない＝可愛くないという梯子の外され方をするとは、思ってもいなかったのでしょう。

大変残念なことに、成長するにつれ、私の「ピンク似合わない度」はどんどんアップしていきました。客観性が育てば育つほど、私とピンクの相性の悪さは明確になっていきました。こうなると、ピンクが似合う女や、ピンクが好きな女が憎くなる。いや、むしろピンクが憎い。ピンクを軽んじることで、私は自分の心が潰れるのを回避していました。しかし、赤と白が混ざったあの色は常に私をイライラさせ、邪気なくピンクに駆け寄る女たちに、私はいつも焦げ付くような視線を送っていました。

思春期には私の「ピンク憎けりゃ人まで憎い」スタイルが確立され、同時に「ピンクの似合わない女は、愛されない」と勝手に自分を追い詰めました。結果、ピンクが似合わず愛されないことで自分が摩滅してしまわぬように、自己防衛として「異性に可愛いと思われたいと思うこと自体が悪！」という暴論に辿りついたのです。まったくもって、私はどうかしていた。愛されようとすることが悪！　という思いの方が、よっぽど自分を追い詰めるのに。

この嫌悪はいつまでも続くものだと思っていました。しかし、四十代の背中が見え始め、自分が女であることにも慣れ、女としての記号的な性的価値が落ちて初めて、私はピンクにネガティブな感情を抱かなくなりました。ピンクが似合う女子でないことが、ようやくどうでもよくなりました。これもまた、加齢による図々しさの発露かもしれません。加齢、本当に素晴らしいな。

ピンクに記号的な可愛さを託し、周囲にシナを作る女はいまだに苦手です。しかし、それはピンクが悪いからではない。ピンクをテコに、可愛さで人より得をしたり楽をしたりしようとする、その女の浅ましさが嫌なだけです。ピンクを身に付けて気分が良くなること自体は、罪ではない。

あの頃スピった人に「ピンクの花を飾って、自分の女性らしさを大切にしてあげて」と言われて私の腹が立ったのは、「ピンクが苦手なのは、あなたが自分の女性らしさを認めていないから」と言われたのと同じ意味だったから。「女性らしさ」の欠如をいちばん後ろめたく思っていたのは自分自身で、それをひた隠しにしていた私には、「内在する女らしさを認めて、ピンクを愛でよ」は痛恨の一撃でした。

それが痛恨の一撃だったからには、子供の頃に封印したはずの「ピンクを身近に感じたい私の気持ち」も、まだ心に存在したということです。であれば、ふてぶてしくなったいまこそ、実験的にピンクを身近に感じてみよう。そう思いました。

それからはリハビリピンクとでも申しましょうか、まずは身の回りに日常的にある雑貨(たとえばバスマットや文房具)にピンクを取り入れてみました。うむ、悪くない。次に、鞄に入れて持ち歩くもの(キーホルダーなど)をピンクにしてみました。うむ、イライラはしない。そして最終的には財布の裏地がピンク、を楽しめるようになり、四十路にしてようやく、鮮やかなピンク色の服を着られるようになりました。ピンクには想像以上にバリエーションがあって、過剰な女らしさを振り撒かないピンクもある。試してみれば、誰にでもそこそこ似合うピンクがある。

こうして、私はピンクと和解しました。ピンクはいまでも受動的な愛され願望を連想させるけれど、自分にそんな願望があることを、ニヤニヤと認められるようにもなりました。ピンクは私にとって特別な色ではなくなり、いまでは「ピンク？　ああ、あいつイイ奴だよね～」程度までのスタンスが取れる。

気付けば私はピンクに囲まれて……とはならず、小物の多くは鮮やかな若葉色のものが多くなりました。若葉色はピンクの補色！　結局そこまでピンクが好きなわけではなかったんですね。それでも、ピンクが好きになれない私は愛されないとか、女性らしさに欠けていると自責することはなくなりました。これはひとえに、ピンクと和解したからです。和解した上で他の色を選ぶ私は、以前よりずっと自由になったと思います。

そんなにびっくりしなさんな

最近気になっている言葉がありますのよ。「びっくりしちゃった！」とか「驚いた」という言葉です。予想に反することが起こったり、意外な結果に対して使うこの言葉が違う意味で使われている時に、私の耳はピクリと動く。特に女がよく使いますね。先日は喫茶店の隣の席に座った三人の姑たちが、息子の嫁についていろいろと話していました。

「ほんとにもう、●●（息子の名）が出張から帰ってきても、冷蔵庫になにも入ってないんですって！　びっくりしちゃった」

「子供の運動会のお弁当、△△ちゃん（嫁の名）ったらめんどうだから作らないかもって言いだして、さすがに驚いたわ」

などなど、散弾銃を浴びせ合うように喋った姑たち三名様。おしゃべりでストレスを解消するのはいくつになっても有効であることがハッキリわかるほど、スッキリした顔で午後五時に店を出ていきました。夕飯の支度があるのでしょうね。

私は、彼女たちの「びっくりした」「驚いた」の使い方が気になって仕方がありませんでした。

「びっくりした」や「驚いた」を使った口語の例文をいくつか挙げると、

①「会いたいなと思ってたら、突然あの人が角を曲がって現れたからびっくりしたわ！」

②「あれだけお願いしておいたのに、すっかり忘れられててびっくりしちゃった！」

③「あの新人なかなかやるね。すごいものを完成させてきた。本当に驚いたよ」

④「驚いた！　こっちは慌ててるのに、あいつひとりだけ平気な顔してるんだよ」

などがあります。この四つの文章、すべて同じように「予想に反することが起こったり、意外な結果に対して」使われていますが、同じ意味でしょうか？　私の答えはＮＯです。

②と④は、会話に出てくる対象者への非難が、言外からプンプン匂ってきます。便利なことに、「びっくり」や「驚いた」の前後に否定的な文をつなげると、驚きとともに非難めいた意図を伝えることができるのです。私はこれを、「びっくりの脱法使用」と呼びたい。非難としての「びっくり」「驚いた」をよく耳にしますが、私はあまり好き

ではありません。

たとえば、いまさっき書いた「私はあまり好きではありません」という文の代わりに、「非難としてのびっくりの多用に、私はとても驚いています」と書いたとしましょう。すると、読み手には私が驚く様よりも、この事態を快く思っていないことの方がうっすら伝わるのではないでしょうか。

物事を上手に進めるために、人を傷つけないように、失礼のないように、誤解を招かないように、私たちはいつも言葉を選んでいます。そして繊細な気配りのある言葉は、本来聞いていて気持ちの良いもののはず。

しかし、その気配りが相手を思っての言葉選びに出てくるか、話者が自分が怪我をしないための言葉選びに出てくるかで、聞き手の印象はだいぶ変わります。

外交でよく耳にする「遺憾の意を表明」という言葉。相手の行動に対しこの言葉を使えば、残念に思っているという見解を表す言葉でありながら、この事態を決して快くは思っていないという非難めいた気持ちもしっかり伝わります。同時に、見解を表明しただけですから、謝罪や撤回を要求するなどの具体的な行動を起こすつもりがないことも伝わります。不服の姿勢（および相手に襟を正して欲しいと思う気持ち）をうっすらサジェストするのに、こんなに便利な言葉はありませんよね。

抗議ではなく遺憾の意を表明するのは、言わずもがな防衛手段でもあります。私もいい年の大人ですから、諸般の事情によりそれでとどめた方が良い場面があることは理解できる。でも日常でこの手の言葉を聞くと、私の耳はとてもむず痒くなってしまいます。

「遺憾の意を表明」と同じように、びっくりの脱法使用も、話者が悪者にならずにネガティブな気持ちを伝えることができます。発言者も聞いている側も「ホントびっくりね！」なんて、同じ手法であっさり不快な気持ちを表明しているのを聞いていると、オイ、自分のマイナスの感情もちゃんと自分で引き受けたまえよ！　と言いたくなるのです。

マイナスな感情を十把《じっぱ》一絡《ひとから》げにして驚きにすり替えるのは、自分のネガティブな感情を表さないまま、会話の相手に「非難されるべきは、私をびっくりさせた人」だと示唆します。冒頭の姑たちも、自分たちが心の狭い悪い姑ではないと表明しながら、責められるべきは息子の嫁であるという情報を交換し合っている。

自分の強い感情を相手にぶつけるのは不躾、という考え方はスマートだと思いますし、否定的な言葉を別の言葉に差し替える思いやりとマナーにも賛同します。しかし、「びっくり」の裏側に傷ついたり怒ったりを隠すと、結局そのつらい気持ちは解消されずに、澱《おり》として沈むのではないかと思うのです。

冒頭の姑の発言であれば「大事に育てた息子が選んだ嫁に、あれこれ言うのは大人げないと思うけれど、やっぱり出張から帰ってきた時に冷蔵庫になにもなかったという話を息子から聞くと、嫁はなにをしているんだと憤りを感じる」と言えば、聞き手は「その気持ちはよくわかる。嫁が悪い」とか、「嫁も働いているんだから、出張帰りとは言え息子も自分の食べ物ぐらい自分で調達して当たり前ではないか。けれども、心情的になにか食べるものが家にあった方が癒やされるだろうと思う、あなたの母心もよくわかる」など有機的なやりとりができる。非難と同時に、自分が傷ついた気持ちを言葉に乗せて外にリリースできると思います。

ちょっと道徳の時間みたいな話で申し訳ないのですが、傷ついて弱っている心を丁寧に正直に解放すれば、自分の心をなぐさめてくれる言葉が必ず返ってくるとも思います。「びっくりしちゃった！」「ホントびっくりね！」なんて、びっくりびっくり言いながら言外に非難を匂わせるよりもずっと、気持ちと言葉がつながって、結果的に気持ちと気持ちが上手につながるのではないかと思うのです。だって、非難はいつだって傷つきやさみしさとセットですから。

成長とともに増えた語彙は、私たちの心に渦巻くさまざまな感情や考えを、外に伝える役割を担っています。ＴＰＯを選ばず、すべてのシーンで本当の気持ちを包み隠さず話す必要はないと思いますが、豊富な語彙の用法を誤らないよう注意しながら、レトリックには惑わされず、まっすぐな言葉を使える心を持ちたい。私はびっくりの脱法使用を見聞きする度にそう思います。

しかしながら、私は以前に「あなたはなぜ本当のことを、そんなにハッキリ言うの？」

と疑問を装った苦言を呈されたことがあるので、この件については、あまり同意を得られないのかもしれません。私が耳にしたのはたまたま姑たちの会話だったけれど、性別や属性とは関係なく、人によっては明確な非難や傷ついた心をあらわにするのは、私が考えている以上に野蛮なのかもしれません。

なんちゃって一本独鈷《いっぽんどっこ》の独身生活が長くなり、その辺の塩梅がよくわからなくなってきたのも事実。向こう岸から見たら、私はまさにびっくりするほど非常識な大人なのかしら……。

そういう人たちは、自分の傷ついた気持ちや弱った心をどうやってもとに戻すのだろう？　俄然興味が湧いてまいりましたが、私の周りには最早ハッキリ物を言う連中しか残っていないのでありました。びっくり！

三十代の自由と結婚

二十代も後半になると、今後の人生をどう生きるか、ある程度目標を定めていかねばならない……ような気がしてきます。私はそれまで特に最終目的地も決めず、ぼんやりと単線の鈍行列車に運ばれるまま生きていました。行きたい場所が出てくれば、その都度別の鈍行に乗り換えれば良いだけでした。

三十歳という年齢がリアリティを帯びて迫ってくるに従って、停車駅のホームの数は増えていきます。私を乗せた鈍行列車は、仕事・結婚・出産など、最終目的地がハッキリ書かれた急行列車の向かいにばかり、停車するようになりました。その度に、どの列車に乗り換えるのか、すぐ決めなければいけない焦燥感に襲われたのを覚えています。

二十代後半、特に女性の場合は、青春二十代きっぷの期限切れが目前に迫ります。結婚行きの列車に乗り損なわぬよう闇雲に合コンへ参加したり、この列車（いまの彼）は本当に私の辿りつきたい結婚へ運んでくれるのか？　と訝しんで、土壇場で別の列車に乗り換えるなど、忙しい毎日です。

ここで焦っている人たちは、ある意味まともだったのだと、十年以上経ったいまは思います。鈍行から急行へ慌ただしく乗り換える乗客を横目に見ながら「いやー、それ一旦保留」と余裕をカマしていた当時の私が、その後見た光景はこうです。

「やばい！　三十になっちゃう！」とどんなに焦って考えても、昨日と明日は今日を挟んだ地続きの日々。三十になった瞬間、景色が劇的に変わるわけもありません。みんなと一緒に鈍行から降りてはみたものの、乗り換え列車の発車のベルなど聞こえないフリをしてホームに佇む私。駆け込み乗車をする友人たちを目を細めて見送ってしまえば、ホームに残るは顔見知りの御同輩ばかり。ああ、居心地が良い。

最初の結婚ラッシュを見送った女には、なぜか見送り特典がついてきます。それは自由。二十代に比べて金銭的行動力的に馬力が効くようになった三十代女の独身生活は、未婚の自分を過度に責める気持ちさえなければ、あまりにも自由過ぎて楽し過ぎる。

プライベートでは泣いて笑って喧嘩して、落ち込みや不貞寝《ふてね》さえマイペースで自由自在。やりたい放題を、誰にも怒られないのです。なんて素晴らしい日々でしょう！　パーティーに明け暮れるような派手さはなくとも、自己責任のもと好きな時に好きなものが買え、飲みたい時に飲め、ちょっと無理をすれば望む旅行に行ける。この心地好さは、なにものにも代えがたいぬるま湯です。

ぬるま湯に浸かっていると、結婚行きの列車に乗った女友達から、早々に厳しい情報がアップデートされてきます。子供の教育費や姑問題や旦那や住宅ローン。自分の時間が減ってヘトヘトになった彼女たちを見ていると、子供の頃は普通に生きていればそのうちできると思っていた結婚は、どうやらこの気ままな自由と引き換えの産物なのだと気が付きます。

二カ月に一度ぐらいは、日曜の午後布団に入ったまま「あー、けっこん……とか……こども……とか……かんがえないといけ……ないの？　かな？」という思いがよぎらないわけではありません。しかし、誰にも邪魔されず惰眠をむさぼれる自由を旦那のために使うなんて、どう考えても勿体ない。「旦那の親」なんて知らない人のために、笑顔を作る義理もない。苦労を差し引いてもあまりあるほどの素晴らしさがそこ（結婚生活）にはあると頭ではわかっていても、こうなってしまうと日に日に気軽な単独生活を手放せなくなるのです。

仕事では、比較的やり甲斐のあるプロジェクトを任されるようにもなります。結果の出る楽しさと手ごたえは、脳と体がしっかり覚えてしまう。一生懸命働けば働くほど、お金を稼ぐことがどれほど大変か身に沁みてわかる。すると、人の稼いだ金で生活するなんて肩身が狭くてやってられん！　と、専業主婦願望が限りなくゼロに低下します。「得意なことを得意な方がやる……」という役割分担の効率や柔軟性に気付けぬまま「働ける可能性があるのに誰かに食べさせて貰うなら、自由を奪われても致し方ない」。私は徐々にそう考えるようになりました。

いまより生活水準を下げたくないから、安定した高収入の男じゃなきゃ嫌だ！　などと不遜なことを言いだしたのもこの頃です。しかし現実には、婚活どころか毎日残業帰りでメイクも落とさずベッドに直行する始末。それを金曜の夜遊びでドカッと払い戻し、締めつけと解放のめくるめくアドレナリン放出に酔いしれておりました。

シャンパンを「泡」と呼び、どこからか手に入れたブランドのファミリーセールで清水ジャンプ買いをする女は、もちろん一部。でも、定時で退社できる仕事に就き、休日には近所の猫の写真をインスタグラムにアップして「♥いいね！」を待つ女にだって、周りから「まだやってるの？」と言われる演劇や音楽を、バイトをしながら追求し続ける女にだって、たまに襲う侘しさを優に超えた気楽さがそこにあるのでしょう。自分中心の人生は、どんな形であれ手放しにくいものです。

どんどん肥大する自己愛は飴玉が歯を溶かすように結婚欲を溶かしますが、私はそれを悪いとは言い切れない。だって自分の力で切り拓《ひら》く人生には、なにものにも代えがたい楽しさがあるのですから。

結婚しなきゃわからない喜びがあるならば、結婚したらわからない楽しさもあるはずです。いま振り返っても、この楽しさの始まりは、間違いなく三十になってからだったのです。

そう、私は「この楽しさの始まりは」と言いました。恐ろしいことに、あの狂乱の愉悦《ゆえつ》は多少色を変えつつ四十一になったいまもまだ続いているのです。あのあと何度も列車のベルは鳴ったのですが、それでも乗る列車を決められないまま乗り換えホームに住みついたアラフォー独女たち。

こうなると結婚はもう「行き先」ではなく完全なる「アウェイ」です。とは言え残った独女たちに寂しそうな顔はあまり見当たりません。「結婚、しなきゃねぇ……」などと誰かが言おうものならば「いまさらどの口が！」と仲間から顎を摑まれますし、三十代で手に入れた自由は武器から城に姿を変え、それを手放すのはどんどん難しくなってしまいました。

テレビや雑誌で「アラフォー女の駆け込み結婚狂想曲」のような特集を見ても、ハテどこの国の話かな？　とまるで我がこととは思えません。と同時に、親に孫の顔を見せられないのは人としてどうなのか？　結婚ぐらいできなきゃ人間としてコンプリートしていないのではないか？　そんな罪悪感と負けん気がないまぜになった感情に、心が押しつぶされる夜もある。二十代では夢と希望に満ち溢れていた「結婚」の二文字は、いつのまにか納めなければいけない「年貢」に見えてきて、享楽的なキリギリスはいつか罰を受けるのではないかと恐怖で目覚める朝もある。「じゃあアンタいままでなにやってたの？」と問われれば「毎日を！　一生懸命！　楽しく過ごしてまいりました！」としか言えないのが苦しいのですが。

好き放題やりながら自責の念に苛《さいな》まれ、しようと思えば結婚できるとも思っているアラフォー独女。傍《はた》から見たらチャンチャラおかしいのでしょうが、私も含めて「まだ本気出してないだけ」ぐらいのことは思っていそう……という話は、百以上の理由を別著で挙げました。

一方、アラサー時代に「まだ結婚は考えられない」「俺は自由でいたい」と人生を謳歌してきた独身男性たちは、なぜか四十を手前に意気消沈。一部を除き、いままで感じたことのない寂しさを味わうようになるそうです。

彼らは四十までのんびりやってきただけあって、いまさら十歳以上も年下の女を捕まえる握力も嗜好も金もない。既婚者に比べたら貯蓄はないけれど、そこそこ自分の趣味に没頭してきただけあって知識は深く、独女にとって話し相手にもってこい。十年前は憎み合っていたと言っても過言ではない同世代男性との、再びの邂逅《かいこう》は悪いものではありません。

三十代を趣味に仕事に恋愛にと味わいつくした諸先輩方は、五十を過ぎてもなお楽しそうな独身生活を送っています。ということは、私たちもこのままいけるかも？　四十で彼氏彼女なんて中二でおしめをしているようなこっ恥ずかしさだと思っていましたが、実際にやってみると居心地はかなり良い。これは意外な発見でした。

未婚を手放せないアラフォー独身者に共通しているのは、三十代をむさぼり尽くすように楽しんだこと。けれどもこのまま六十になってもビタイチ後悔しないとは言い切れませんし、一生自分の家族を持つ必要はないと断言できる独身者がわずかなのも事実。ネットで海外旅行の相場を調べながら、独居老人ホーム（自分用）の相場も別タブで調べる私たちを見て、ああはなりたくない……と思う人がいて当然です。三十路の心得十箇条にも書いた通り、まだ結婚に夢や希望を感じ、たったひとりと添い遂げる錯覚力があるうちに、さっさと結婚してしまうのが得策なんでしょうね。

食わず嫌いをやめる

食わず嫌いに根拠なし。

なんだか「名物にうまいものなし」みたいな言いまわしですが、私はこの十年でそう思うようになりました。

月9ドラマに涙し、流行りのコンピレーションCDを買っていたメインカルチャー出身の人。難解な単館映画にばかり足を運び、アナログをジャケットで買っていたサブカルチャーあがりの人。どちらの青春時代にも、苦手なものや、一度失敗して手をつけないままになっているものがあると思います。

三十過ぎたら、敢えてそれをやる。苦手なことや、過去に失敗したことでなくても構いません。二十代には恥ずかしくてできなかったこと、自分には無理だとあきらめていたこと、斜に構えて無関心を装っていたこと……。頭のハードディスクをガッチリ守っている自家製アンチウィルスソフトを一度解除して、いくつか新しいソフトをインストールしてみるのです。

私は子供の頃、運動が大の苦手でした。小学校の運動会長距離走では二年連続ぶっちぎりのビリでした。みんなとはだいぶ引き離され、ほうほうの体で校庭に戻ってきた私に、勝手に感動した教師が始めた「最後のランナーが戻ってまいりました!!!」という直情的な大声アナウンス。怖い顔をして私を待っていた、運動神経抜群の母の顔。私は一生忘れることはないでしょう。あの時の恥ずかしさと言ったら、いまだ生涯一かもしれません。

悲しいことに、体育という科目は大学まで必修です。そして、運動神経が抜群な人は、誰からも素直に羨ましがられる。それだけだと馬鹿にされることもあるけれど、頭の良さより嫌みもありません。

私も運動が得意になりたかったので、中学時代は剣道部、高校時代は陸上部に所属してみました。しかし所属しただけでは体は思うように動かず、運動は私を不機嫌にするだけでした。そのうち部活に出なくなり、私はあっという間に幽霊部員になりました。やがて運動は、単なる苦手から「私がやるべきではないもの」というポジションに置かれるようになりました。

大学を卒業して体育から逃れられても、運動好きな人たちはサークルや部活で運動を続けます。そんな快活な人たちを横目で見ながら、運動をやるべきではない私は「運動なんて、ヒマ人のやること」と運動好きを小馬鹿にするようになり、挙句の果てには「体より頭を使う方が尊い」などと、傲慢な考えを抱くようになりました。

いま思えば、私は自分の欠損を認めたくなかっただけなのでしょう。運動自体を無駄と認識し、自尊心を保とうとしていたのかもしれません。自尊心を守るために、私が「苦手」を「嫌い」の文脈にスライドさせたものは、数え切れないほどあります。

「苦手」を「嫌い」の文脈にスライドさせてばかりの私が三十歳を過ぎたら、「あれはイヤ、これはダメ」ばかりが入ったNGフォルダがパンパンになってしまいました。これでは、単なる小うるさい面倒な人です。

自分が上手にできそうにないものに「無駄」というレッテルを貼り、無関心を装うことは簡単でしたが、そうやって「面倒な人」になっていった先輩方を、私はたくさん知っている。私もついに、ああなる時が来たのかと思いました。さらに、頭ばかりを使っていたら、私にとって現実社会は妄想の餌でしかないと気付きました。脳が独立した動物で、巨大な体はあくまで乗り物。体が自主的に動くというよりは、脳が「妄想のネタが尽きて脳が空いたから、なにか刺激物を目や耳から注入してこなきゃ」とレバーをウィーンと動かすと体が動き、五感から情報という名の餌を仕入れているような状態です。三十過ぎにもなって、それはちょっとバランスが悪くて格好悪い。なんだか、自分がひどく脚力のない頭でっかちなロボットのような気がしてきたのです。

そのイメージは私を不安にさせましたが、それまでフル稼働していた脳が突然黙るわけもない。私は考えました。そうだ、脳が黙っていられないなら、脳と同じぐらい激しく体を動かせばいいじゃない。

さて、運動を小馬鹿にし続けた挙句、脳がショートしそうになった私が初めてハマった運動はなんとボクシングでした。観戦ではありません。ボクシングジムのボクササイズコースへ通うようになったのです。試合をするような本格的なものではありませんでしたが、自分でお金を払って定期的に運動をするなんて、それまでの私には想像もつかないことでした。

私がボクササイズを選んだのは、自由闊達でオープンマインドな女の先輩が勧めてくれたから。非力そうで小柄な彼女が楽しめるなら、私でも大丈夫かも？　それにボクササイズなら、運動の激しさも十分です。そう思ってジムの戸を叩きました。

ボクササイズはとても楽しいスポーツでした。ランニングや球技にはまるで才能がなかった私にも、殴る才能がありました。「殴る才能」と言うと大げさですが、ストレスでガチガチになった体を動かしながら、サンドバッグをボコボコ殴るのは本当に気分が良い。人に迷惑を掛けないように生きてきたら、なにかを力いっぱい殴ったことなんてないでしょう？　やってみると、これが本当にスカッとするのですよ。

サンドバッグをボコボコ殴っているうちに、欲が出てきました。もっと上手に打てるようになりたい、という欲です。左フックをどう打つか言葉で説明するのは簡単ですが、自分で上手に「打つ」のは本当に難しかった。脳から体へ、的確に指令が伝わらなかった。指令が伝わったとしても、体が言うことを聞きませんでした。

それまで私が脳から体に出していた指令と言えば、あっちへ行けこっちへ行けぐらい。自分の体を思い通りに動かすには、肉体の整備が必要だと知らなかったのです。Aをするためには B と C の筋肉が動かないといけないのか……。そういうことを、文字通り体で学ぶのです。ジムに通っているうちに、筋肉が付いて体も変わっていきました。成果が視覚的にわかるのは、非常にインパクトが大きい。それは、いままでに感じたことのないリアリティでした。

体を動かしている時の頭の使い方も、とても新鮮でした。もともと運動神経が乏しいので、反射神経ベースでは私はあまり上達しませんでした。腰を十分に捻りながら拳をまっすぐ前に出すにはどうしたらよいか？　打ったあと、前に出ている足を上手に次のステップへ移動できないのはなぜか？　考えながら自分の体を動かしてみると、小さな気付きがたくさんありました。筋肉という筋肉はすべて関連があって動いていること、利き足とそうでない足の筋肉の差が動きにひずみを生むこと、腹筋と背筋のバランスが悪いと体重移動がうまくいかないこと、どれぐらいの空腹時がいちばん動きやすいか、などなど。体育会系の人には当然過ぎて噴きだす話かもしれませんが、これが文系女に「体感」として押し寄せてくると結構な感動なのですよ。

体を思い通り動かすために、自分が納得できる動きをするために、体と会話しながら脳を動かしていく。いままでは脳を気持ちよく動かすために体を動かしていたのですから、私にはアマゾン逆流ぐらいの衝撃がありました。肉体は、脳を運ぶための容れものではなかったのです。

運動が楽しめたという経験は、私の自尊心を大いに満たしてくれました。「思うように動ける」ことが自信になりました。それは私の体だけでなく、心も少し軽くしてくれました。頭脳偏重のまま運動を小馬鹿にしていたら、決してできない経験でした。

ボクササイズを始めたことで「格闘技観戦」という新しい趣味も増えました。それまでテレビでやっていても見向きもしなかった年末の総合格闘技を、一万円も払って見に行くようになるなんて！　そこで得る興奮は、私が恣意的に選んでいた趣味嗜好からは、なかなか得られないタイプのものでした。キックボクシングでは佐々木仁子選手、総合格闘技では青木真也選手という、大好きな選手を見つけました。私がスポーツ選手のファンになるなど、運動を始める前には考えられなかったことです。

……と、偉そうに語る私が、多忙を理由にボクシングジムをやめてもうすぐ一年。正直に言えば、会費を払い続けていただけの時期がその前に一年！　体はあっという間にブヨブヨです。近頃は脳と口ばかり動かしているので、そろそろまた新しいスポーツを始めなきゃマズイのであります。

話は変わりますが、私の友人に「私立の男子校出身者、同業者、男兄弟しかいない人とは絶対結婚しない！」と固く決めていた女がおります。それらの条件は、彼女がそれまでの人生で蓄えた知恵が生んだ産物。しかし、結果的に彼女は、男兄弟しかいない私立の男子校出身の同業者と結婚して、いまも幸せに暮らしています。異性の好みは「食わず嫌いに根拠なし」の最たるものだと思います。

食わず嫌いは、「Aがダメだったから A と関連性のある（と自分が勝手に判断した）Bもダメに違いない」という、自分勝手な思い込みの場合もある。食わず嫌いに明確な根拠などなく、結局それで損をするのは自分でした。

ボーッとしていると、避けたいことは自動的にNGフォルダに入ってしまうので、「待てよ？　これはなんでNGなの？」と自分に問いかけて、NGフォルダを整理する。無駄に自分を守るために避けていたものや、ハナから馬鹿にしていたものを見つけたら、それらをNGフォルダからTO DOリストに移すのです。

嫌な思いをしないよう、傷つかないよう避けていたものが、一生自分を苦しめるとは限らない。身を以ってそれを知り、私は気が楽になりました。NGだったものを実際にトライして、やっぱり嫌いなら、それはそれで嗜好が明確になっていい。敬遠していたことに挑戦して「あ、やっぱりコレつまらないわ」と思っても、他人が夢中になるものを垣間見られただけで、収穫です。

仮説に仮説を重ねた思い込みは、結果的に若い私から自信を奪っていきました。年を重ねて苦手なものを試してみたら、多少の失敗にも図太く対応できるようになりました。新しい自分を発見するのは、中年の暇つぶしには持ってこい。体はブヨったけれど、私はもう「運動は馬鹿のやること」とは思いません。食わず嫌いをひとつ減らした収穫です。

歯がために私は働く

急な歯痛に通いの歯医者の予約が取れず、近所の空いている歯医者に駆け込んだことがあります。二十年も前の話です。当日すぐ予約が取れる歯医者の腕というのは言わずもがなで、私の左下の歯、二十番だか二十一番だかは、ガリガリ削られてかぶせの銀歯になってしまった。笑うと微妙に銀色が見えて恥ずかしくもあったけれど、食べる分には支障がないので長年そのままにしておきました。その銀歯、ついに去年からグラグラしてくるようになりましたので、先日歯医者に行ってレントゲン写真を撮りました。

「中で折れてます。折れたところが溶けて空洞になっているので、グラグラしてるんですよ」マリオに似た歯医者は、レントゲン写真を見ながらそう言いました。ほう。確かにその歯の根っこが黒く空洞に写っている。ならば一日も早く治した方が良いではないか。私はマリオに治療方法を聞きました。すると、マリオは平然とした顔でこう言ったのです。

「保険なら入れ歯で一本一万五〇〇〇円ぐらいですね。自費治療ならインプラントで一本四〇万ぐらい」

フルフラットにリクライニングされた歯医者の椅子で、私は電流を浴びたように仰け反りました。入れ歯 or 四〇万円。入れ歯 or よんじゅうまんえん。六十五歳から死ぬまでにさんぜんまんえんかかると言われているのに、四十歳でよんじゅうまんえんもかかったら、六十五歳まで生き長らえることすら、難しいのではあるまいか。しかし、よんじゅうまんえんではない方のチョイスは入れ歯です。おじいちゃんお口臭いの世界です。子供もいない女が、性別も世代も超えて、まだ見ぬ孫からディスられるイメージが脳裏に浮かびました。

「入れ歯と言っても一部ですが、前後の健康な歯に金属のバネをかぶせるので、その歯がおいおい傷んでくる可能性は否めませんね」と、マリオは続けました。そうか、部分入れ歯というやつか。そういえば、父親がフック船長の手のようなものが両側についた人工の歯を、出したり入れたりしていたな。痛いだの噛み合わせがずれただの言いながら。うーむ。

友人にこのことを話すと、意外にもあの子もこの子もインプラントを経験済みで、みなさん気風《きっぷ》良く三〇万～六〇万円お支払いになっていらっしゃる。入れ歯を選ばなかった勝ち組が、私の周りにこんなにいたなんて。歯に数十万も払うような豪傑ばかりだったなんて！　じゃあ私もネットで安いインプラント治療でも探すか……と見栄と財布事情に折り合いをつけようとした魂胆を見透かしたのか、あるインプラント勝ち組は私に言いました。「頭がい骨に穴を開けるんだから、良い医者を選びなね。紹介するよ」ヒィ！　歯を治したいだけなのに、頭がい骨に穴を！

たった一度下手な歯医者に行った代償を、二十年後に払わされるとは思ってもいませんでした。つまり、ここで金をケチって下手な歯医者にでも行ったら、また二十年後にとんでもないツケを払わされる恐れもある。私は震えました。

実はこの歯以外にも、隙間ができて野菜のスジやら肉やらが詰まる歯があったり、体調が悪くなると腫れる歯茎があったりと、四十路になって私の口腔事情はいままでになくアンニュイな傾向にあります。今年は歯をしっかり治そうと思っていた矢先に四〇万円の見積もりを見せられ、泣きついた友達は既にそれを経験済み。私は自分が情けなくなりました。そして、明確な老いを感じました。

思い起こせば四十を越えた先輩たちは、いつも歯がどうのこうのという話をしていた。四十代になると歯に疲れがくると言われ、なんのことだか皆目見当もつかなかったけれど、いまではそれがよくわかる。無理をした翌日は、私も歯の調子がいまいちなのであります。

これは三十代前半にはまったく経験したことのないタイプの疲れ方です。筋肉痛が二日後にくるなんていう、生易しいものではありません。それまで歯のトラブルは、甘いものを食べ過ぎたり、歯磨きを怠ったりした結果の虫歯として現れてきました。しかし四十を過ぎると、一日何度歯磨きをしたところで防げないトラブルが発生してくる。歯がダメになったら食べられなくなる。食べられなくなれば人は死ぬ。私は生きるための機械としての肉体の老朽化を、まず歯で実感しました。自分の死を、初めて身近に感じたのです。そのうち目もかすんでくるでしょう。長年使った機械がいつか壊れるように、体もそのうちガタがくる。放っておけば人は死ぬようにできているのだなぁと、なんだかいたく感心もしました。

大げさにうっすらと、しかし確実に死を予感した私はふと我に返ります。入れ歯 or よんじゅうまんえん。私はまだまだ生きていかなければなりません。否、生きたい。美味しいものを美味しく食べたい。当たり前のことが当たり前でなくなるなら、それを当たり前に留めるための対価が四〇万円なのでしょう。いままで、家賃より高いものは目に見えるアイテムにしか使ったことがありませんでしたが、インプラントこそが大人に許された、見えないおしゃれなのかもしれません。違うと思うけど、そうとでも思わないとやっていられない。働け、働け。今日の当たり前を明日も続けられるように。

後日、他の歯を先に治すために、また歯医者に行きました。腕の良い治療をしたあと、マリオは私に一枚のレントゲン写真を見せました。「これは七十代の女性の歯なんですけど、総入れ歯は嫌だって、上の歯も下の歯もインプラントにしたんですよ。なんでも気持ちよく食べられて幸せだって言ってました」一本、二本、三本、四本、五本……。私はレントゲン写真のインプラントを数えました。計十本。締めてよんひゃくまんえんのインプラント。私より、ずっと死が近いであろう方が歯に四〇〇万円！　あるところにはあるんだな、金。

私は苦笑いで支払いを済ませ、歯科医院をあとにしました。口の中によんじゅうまんえんを放り込む決意は、まだ固まっていません。

限界集落から始めよう

二〇二〇年の東京五輪開催。これが決まっただけでもキェー！　と奇声をあげたくなるのに、それに伴って建設される新国立競技場のために、青山のキラー通り付近にある都営団地、霞ヶ丘アパートが取り壊されることになるそうです。

五輪開催はもう決定事項ですから、各国から来る選手や観光客をおもてなしするしか都民には選択肢がない。しかし、五輪のせいでこの団地が取り壊されてしまうのは残念極まりない。と言うのも、私は年老いたらここに住みたいと、ぼんやり考えていたのですよ。こうなったら、あとは広尾五丁目アパートを狙うしかない。あそこは広尾病院にも近いし、交通の便も良い。

田舎のない私がこのまま未婚老人になった場合、他に縁のある土地はありません。よって、私は引き続き東京に住む可能性が高い。ご存じの通り、東京は物価の高い都市です。昨今、老後にそれなりの生活をするには、六十五歳から受給できる年金以外に三千万円が必要などと、まことしやかに言われております。いまから貯金に本気を出したところで、さんぜんまんえんはなかなか遠いではないですか。加えて、都内にひとり用のマンションを買う勇気も乏しいため、六十五歳から都営団地に入れたらいいな〜と考えていたのです。

実際問題として、霞ヶ丘アパートや広尾五丁目アパートは既に老朽化が激しいため、私が年金受給者になる頃には住めたものではないでしょう。現在都内には、一定の基準を満たした六十五歳以上の単身老人都民が住める、都営や区営のシルバーピアという住居施設があるらしい。これが、私の妄想を刺激しました。

さて、ここからしばらく、都市工学の知識などまるでない私の夢物語にお付き合い頂きたい。四十路未婚の私が考える、東京に住む独身女老人の理想的な団地生活プランです。

私は独り身のまま六十五歳になったら、断捨離しまくって、できるだけ小さく暮らしたいと思っています。二十五平米の1DKがあれば十分な暮らしがしたい。田舎でひっそりと……ではなく、都心で気ままにやるのに、都営団地の広さはぴったりです。

気ままにやるからには、基本的に自分のことは自分でやれるようにしなければなりません。手の届く範囲にいろいろなものが置けて、掃除が大変ではない広さの城で、他の独身老人たちとのんびり自立した余生を過ごすのです。断捨離しまくっても捨てられない荷物もあるでしょうから、住まいと同じ敷地内にストレージが欲しい。ストレージには若い男性のバイトが常駐しており、ストレージから物を出したり、部屋の電球を換えたりするのに力を貸してくれます。若い男性が必要なのは力仕事と、目の保養のため。自分たちと同じような年の男性を雇用して、住民との下手な色恋に発展しないことを考えての案でもあります。

　この団地は独居女性専用です。外に男を作る分には構いませんが、男と住むのはナシだ。自立した女ほど宿なしの男を連れ込んで住まわせそうですし、同居していなければ、男性の身の回りの世話に老後の時間をあてる必要もない。よって、女性専用の団地が望ましい。正直に言えば、六十五歳を過ぎて、好きでもない男のご機嫌を伺いたくないというのもありますね。男のご機嫌を損ねると厄介だということは、いままでの人生で嫌というほど理解したので。

　いまの六十五歳がとても若々しいように、二十五年後の六十五歳も相当な好奇心を持ち、文化的な刺激を欲すると思います。しかし、それほど金はない。未来の私の金のなさは、二十歳前後だった頃のそれと同等と予想されます。団地ではたっぷりある時間を使って本を読んだり、同じ団地の女友達とお茶を飲んだりすると、楽しさも倍増するでしょう。知的好奇心は旺盛だが肉体は衰えている人に必要なのは、身近な部室。そして晩年をエンジョイするのに、寂しさは無用です。六十五歳にして、女子校アゲインといったところでしょうか。

　建物の一階はテナント用の賃貸スペースを作り、老人向けのＴＳＵＴＡＹＡと喫茶店を入れます。まぁ住民の半分は、Ｈｕｌｕで事足りているかもしれません。コンビニもあった方が便利だな。団地の駐車場には移動式の八百屋、パン屋、魚屋が週に三日ほど来て、ちょっとした朝市を催します。女老人だらけのマルシェです。四半期に一度はここでフリーマーケットもやりましょう。住民によるイベントは活発に行いたいので、団地には会議室もあった方が好ましい。会議室にはＤＶＤプレイヤーを置いて、定期的に上映会を催します。みんなでスパイク・ジョーンズの映画を見て、お茶を飲みながらあーだこーだ言うのです。あ、美容院があると便利ですね。住民の女性に、元美容師さんがいるといいな。入居の審査は「いままでどんな仕事をしていたか？」もポイントになるでしょう。住民がそれまでしていた仕事を団地内で続けられて、住民や周辺住人に還元できるようなシステムを作らなきゃ。

ああ、食堂もあった方が便利です。料理の得意な住民はそこでバイトもできますし、食堂のキッチンで作った総菜やパンを売ることもできます。食品衛生法などは、どうやったらクリアできるのかしら？　お裁縫が得意な人には、お直しの小さなショップをやって貰えるとありがたい。元グラフィックデザイナーや元編集者がいたら、住民用のＺＩＮＥを作って貰いましょう。Ｗｉ－Ｆｉというものが三十年後にもあるならば、この団地はもちろんフリーＷｉ－Ｆｉ。女性専用アパートですので、警備会社も入れなければ。これらをしっかり運営するために、この団地は管理費をお高めに設定する必要がありますね。広尾五丁目アパートの家賃が三十平米台で三万円前後らしいので、老人女団地は管理費込みで五万ぐらいで住めるといいのだけれど。女だけの都営住宅なんて、過剰な女性優遇だ！

と批判されるかもしれないので、どこかの民営会社が、団地ごと買い取ってくれないかしら。

この妄想、実は既に取り壊されてしまった、とある女性アパートがベースになっています。私の理想は、文京区の大塚にあった「大塚女子アパート」という同潤会アパートの二十一世紀バージョン。同潤会と言えば、表参道や代官山のそれが思い出される人も多いと思いますが、二〇〇三年まで大塚にもありました。

一九三〇年に建てられた大塚女子アパートは、独身女性専用のアパートでした。この近所に長く住んでいたので、私には馴染みの深い赤レンガのモダンな建物でした。アパート内には昔、雑貨屋さんや喫茶店などもあったそう。理想的です。

女老人専用の団地妄想は常々考えていたプランなのですが、ここにきてふと、団地に老人ばかりでは覇気がないかもしれないと思いました。若い人に入居して貰っても、独居女老人が、その人たちの役に立つことはないかもしれません。さて、私たちが少しでもお役に立てる相手はいないものか……。

たとえば、小さな子供を抱えたシングルマザーたちはどうでしょうか？　団地に保育園と児童館を作り、仕事の帰りが遅くなる場合には、血縁関係のない簡易祖母たちが、子供のお世話を安価で請け負います。

子育て経験のない女老人ばかりでは心もとなく感じられるかもしれませんから、子育て経験のある女老人にも入居して貰えるとありがたいですね。ほら、離婚した人や旦那が先に死んじゃった人とか。預かった子供が寝てしまったあとは、宵っ張りな老人が二十三時までは引き受ける。住居がないと仕事に採用されず、仕事がないと住居が借りられない悪循環から脱するために、無職のシングルマザーも仕事が見つかるまでは団地内で積極的にバイトをするシステム。それで団地がうまく回るといいのですが。

子供がドタドタやっても苦情が来ないように、シングルマザーたちは低めのフロアに住んで貰った方がお互い気兼ねがないかもしれません。老人たちは足腰を鍛えるためにも、できるだけ階段を使う。その代わり、団地内に手すりはしっかり設置します。

助け合いは大切だけれど、なにごとも善意で回すのは無理があるので、すべてのサービスは安価でも有償にした方が良い。住民だけでお金のやりとりをしていても住民の総資産は増えないので、女老人団地で提供できるサービスは、地域の人も利用できるようにしなければ。味やパッケージに凝った独老女団地パンをブランド化して、積極的に外貨(団地の外からのお金)を稼ぐことも大切です。シングルファーザーの場合、団地に住むことはできませんが、安価でお子さんを預かることはできるシステムにしましょう。その方が住民の貯蓄も増え、やり甲斐も出るでしょう。

子供は心身ともに健康な二十歳になったら成人と見なし、同居は不可としましょう。女、老人、子供は社会的弱者とされていますが、三人寄れば文殊の知恵、三本の矢は折れづらいと昔から言われておりますので、三者がギュッと固まって、生産的に生きていこうと思うのであります。

気ままに独り暮らしをしながらも、コミュニケーションは身近にある。女老人にとって理想郷のようなこの団地ですが、ひとつ厳しいルールを設けなくてはなりません。それは、自力で動けなくなった時に蓄えで自分をケアできなくなったら、退去しなくてはならないというものです。誰にとっても終の棲家になるのがいちばんの理想ですが、その機能を備えるとなると、途端にいろいろ難しくなる。現存するシルバーピアの入居資格を見ても「身体上又は精神上著しい障害があるために常時の介護を必要とする方は、その心身の状況に応じた介護を受けられることが入居資格となります」とあります。女団地にデイケアセンターを併設したぐらいでは、いずれ立ち行かなくなる気がしてなりません。残念ながら、私の妄想力が現実の壁にぶち当たるのが、この瞬間なのです。

これは独居老人に限った話ではありません。早急な福祉の充実があまり現実的ではないと考えると、私たちが老人になった時、動けなくなってから命が終わるまでの期間をどうやって過ごすのかが大問題になります。別の言い方をすれば、動けなくなってから命が終わるまでの期間を、如何に短くできるかがカギ。「動けなくなったら早く死ぬ」ではなく、ギリギリまで動けなくならないように、自分で健康管理をしなくてはならない。そして、動けなくなってからの生活を、年金だけでなく自分の貯蓄で支えられるようにしなくてはいけない。そう考えると、楽しい妄想をしていた時にはすっかり忘れていた、六十五歳から死ぬまでに年金以外に必要な「さんぜんまんえん」という金額が、にわかに現実味を帯びて迫ってきます。

六十五歳からの人生をある程度健康に過ごせると仮定した場合、生活を充実させるアイディアはいくつも思い浮かびます。しかし、動けなくなってから命を終えるまでの期間は自分では決められないので、この期間に対してどういう準備をすればいいのかがわからない。終身保険に入っていても、長く入院できる病院があるのかどうかもわかりません。死ぬまで居られる有料老人ホームに住むためには、さんぜんまんえんでは足りないかもしれない……。

だがしかし、病院のベッド数や四十年後の有料老人ホームにかかる費用をいまから心配しても仕方がない。だいたいこの妄想だって、叶う根拠はいまのところゼロ。ならばいまはこまめに保険を見直し、六十五歳からの人生を見据えた貯蓄を始めるぐらいしか、私にできることはありません。私も四十を過ぎた身ですから、個人年金でも始めた方が良い。

この話、繰り返しになりますが未婚老人だけに限った話ではないんですよ。たとえば伴侶や子供がいても、最後まで生き残るのは自分かもしれない。子供がいたとしても、手厚い介護が受けられるとは限らない。自分の身は自分で楽しませ、自分でケアしなくてはならない時代が来たことを、さまざまなニュースから感じ取る昨今です。

女四十、自意識との戦いを終え、毎日がようやく楽しく回り始めました。にもかかわらず、今度は老後を考えなければいけないなんて、なかなか手厳しいものですね。甘酸っぱい青春は勝手に去っていったけど、老後は勝手に向こうからやってきます。真剣に考え始めるのは五十代に入ってからとしても、いまのところは六十五歳から七十五歳の十年間を精神的に豊かなものとして過ごせるようにして、そこから五年ほどを年金＋αの蓄えで賄えるように準備するのが妥当でしょうか。もっと前に死んじゃったら、それはそれでラッキーかも。だって人生八十年と考えたら、生まれてからいままでの時間をもう一回やるんですよ。結構長いなぁと、ちょっとゲンナリするのも正直なところです。

男女間に友情は成立するか否か問題が着地しました

こんにちは。男女間に友情は成立しない派のジェーン・スーです。「男と女の間に友情は存在するか？」このどうでもいい議題を真顔で論じると、大抵「男女間の友情は成立するよ～」と好意不感症気取りの女が言って、「俺はぜったいしないと思う！」と盛りのついた男が赤い顔で大きな声を出し、なんとなく爛《ただ》れた空気が漂ったりしてつらい。つら過ぎる。

このように、男女間の友情が成立するか否かの話を持ちだすことで狙っている異性のリアクションを見るゲスい輩がいると、この議論は即座にメルトダウンする傾向にあります。なので、今日はひとりでこの話をします。

まず、男女の間に友情が成立しない派である私個人の見解は、

・異性とでも、ただの友達付き合いなら当然成立する。

・しかし、同性の親友と育む親愛の情には愛情が多分に含まれるため、親友レベルでの友情は、異性間で成立しない。

・私にとって同性の親友とは「一緒にいて楽しく、気を遣い過ぎず、困ったら悩みも話せてつらい時に頼れる上に、なにも話さず時間を共有しているだけでも居心地が良い相手」である。
・それが異性なら、それは私にとって最高の恋人である。

よって男女間の友情は成立せず、です。


女子校あがりは男に慣れていないから、すぐに身近な男を好きになる。そんな説もありますが、それは結果論としてのひとつの傾向。要因は別のところにあるのではないか？女子高女子大あがりの私としては、なんとしてでもそう思いたい。

いい年をしてそんなことを考えていたある日、三十少々のちょっとぼんやりしている女友達が「男女間の友情は成立する」と言いだしたので、話を聞いてみました。

男女間の友情が成立する派の彼女は、そもそも恋愛が苦手だそうです。恋愛が苦手だから、男女間の友情は成立する。この発想は、私にとって新鮮でした。

男女間の友情が成立する派は、異性として魅力的で独占したい男（恋愛対象）とそうでない男を最初に選り分け、そうではない男は最初から友達BOXにブッ込むため、男女間の友情が成立すると主張しているのだと思っていました。純粋なフリで異性からの好意の盗み喰いをして承認欲求を満たしているのが、男女間の友情が成立する不埒な輩とすら思っていました。しかし、そうではない女が目の前に現れた。なんだよ、なんで恋愛にならないようにしてるのかよ。

男女間の友情が成立する派の女友達の話を箇条書きにすると、

・そもそも恋愛が苦手だし面倒だ。
・男女問わず、対人関係を深めるコミュニケーションが不得手。
・人生に山あり谷ありを求めず、感情の起伏を好まない。
・よって、人と接する時間と親愛の密度が正比例しない。
・自己肯定力が低く、たったひとりの恋人に選ばれるより、何人もいる「友人枠」の方が自分は選ばれやすい気がする。

の五つ。
文字にすると多少ネガティブに感じる人もいるでしょうが、する派の女友達は、「どうせ私なんか……」が口癖の、面倒な女ではありません。

一方、男女間の友情は成立しない派（恋愛になる）の女は得てして、

・とにかく、恋愛状態が好き。

・嫌だ嫌だと言いながら、感情の起伏や人生の山あり谷ありが大好物。

・意気投合すると、男女問わずコミュニケーションを詰めたがる。

・傷つくことは怖いが、羹《あつもの》に懲りて膾《なます》を吹くようなことはしない。

・自分に満足してはいないが、異性から愛される価値がないとも思っていない。

というタイプが（少なくとも私の周りには）多い。私と私の海賊仲間だ。

特に美人でも若くもなく、性格が飛びぬけて良いわけでもなくても、男女間の友情は成立しない派の女から、彼氏いない歴五年以上という話は、あまり聞いた試しがありません。が、モテるタイプは誰もいない。人間関係を深めていくことと、距離を縮めていくことを同義と考えたりもする。これは同義じゃないんだけどね。男女間の友情は成立しない派は、基本人間関係にがっついているのでしょうか。

男女間に友情が成立しない派は「なかなか好きにならないのよー」とは言うものの、友情を恋愛に発展させない努力まではしていない。安定した関係に長くとどまっているとソ

ワソワしてきて、結局は下手な鉄砲撃つのが好きなダイハード。自戒の念を込めて言えば、恋意地が汚いとでも言いましょうか、根っこの部分では自称恋愛体質（失笑）の女なんかもそうですね。ただのがっつきを、恋愛体質という言葉でカモフラージュしている男女、そこそこおりますね。

男女間の友情が成立する派は丁寧で慎重です。むしろ慎重過ぎる。先ほどの女友達には、一緒に旅する男女併せて六〜七名の仲良しグループがあるそうなのですが、「グループ内で恋愛に発展するワケがない！　ぜったいしない！　そういう錯覚が起きないように無意識に注意している！」と彼女は語気を強めて言っていました。男女間の友情が成立する派は、己の恋愛より輪の調和の方が大切なのです。心が脱獄しないよう、いつも見回りを欠かしません。

当たり前と言えば当たり前なのですが、男女間の友情が成立する派の彼女は、過去に男友達が恋人になった経験がない。つまり、友情が色恋に変化する可能性自体は、十分認識している。友人関係だったことがない（＝素性をよく知らない）相手となぜ男女の付き合いが始められるのか、男女間の友情が成立しない派の私には到底理解が及ばない話です。

私のような男女間の友情が成立しない派は、恋にがっつく中年です。突然のラブストーリーを、いつもどこかで待ちわびています。あのドラマが終わって二十年以上経っても、まだ性懲りもなくチュクチュン♪　と「ラブ・ストーリーは突然に」のイントロを脳内で鳴らし続けている。なんの話かわからない若い人は、グーグル先生に聞いてください。

男女間の友情が成立する派が関係性の変化を嫌い、友人という固定された関係を好む一方、男女間の友情が成立しない派は、すべての可能性を常に見逃さないし、関係性の変化に寛容。変化を恐れないばかりか、安定した関係性に飽きて次の変化を無意識に探す悪癖さえあります。

たったひとりの男女間の友情が成立する派の話がきっかけでしたが、そのあと何人かの女性に尋ねたところ、男女間の友情が成立する派は彼氏いない歴が長い人が多かった。そしてそれをあまり気にしていなかった。下手な恋愛がいちばん疲れるからですって。でも男女間の友情が成立する派には、セフレがいる猛者もいたんだよ。えー!

恋愛が苦手だから友情を好むだけでなく、恋愛が苦手だから曖昧な男女関係を好むなんて、この話はどこへ流れていくんだろう。

推測の域は出ませんが、男女間の友情が成立する派にとって、性的関係の有無は、関係性を再定義させる必要条件でもなければ十分条件でもない。つまり、ヤったくらいじゃ、恋心は芽生えない。むしろ男女間の友情が成立しない派の方が、性的関係を結んだ途端、二人の関係性を再定義させたがります。一晩一緒に過ごしたら彼女気取り……とまでは言わなくとも、この友情は壊れてしまったと考える。

する派しない派、どちらの方がコミットメントなしに性的関係を結ぶかではなく、一晩一緒に過ごした翌朝に「あー！　やっぱ男女間の友情が成立しない！」と頭を掻《か》き毟《むし》る派閥と、一晩一緒に過ごしても昨日と変わらぬ表情で「男女間の友情？　成立するする」と言う派閥がある。奥手と手練《てだ》れが共存するのが、男女間の友情が成立する派閥の特徴なのでしょうか。

結局「男と女の間に友情は存在するか？」というトピックは、友情論を隠れ蓑に、自分の恋愛観を話すための隠語に過ぎない。友情が成立するかしないかを語るのは、自分が恋愛にどう対峙しているかを赤裸々に語るのと、きわめて近いのです。

だから、異性からこれを聞かれた若い女は、真顔で考えなくていいんだよ。ニヤニヤしてればいいんだよ。だって、相手は恋愛観が知りたいだけかもよ？　それを逆手にとられては困るでしょう。ニヤニヤしてれば、相手が勝手に自分の恋愛観を、友情論のフリをして話しだすかもしれませんしね。

来たるべき旅立ちを前に

二〇一三年四月十一日、心優しい方にご招待頂き、堀込兄弟ふたり組のキリンジラストツアー公演に行ってきました。翌四月十二日のコンサートを最後に、キリンジはふたり組からひとり組になりました（その後二〇一三年夏に六人組に再編成）。端的に言うと、弟の泰行さんが脱退いたしました。

ガーン。

キリンジは、アルバム『Fine』あたりからのニワカファンでしたが、最初はこの「キリンジからヤス脱退」の事実があまりきちんと受け止められず、自分のこの目で「キリンジのヤス」の最後を見届ける腹も括れず、ですからライブチケットを取る気にもなれず、ふたり組としての最後のアルバム『Ten』も手に入れたのに聞けず、とにかくだらしない日々を送っていました。

唐突ですが、私はキリンジに借りがあります。

大抵の人にはかなりどうでもいい話なんだけど、ちょっと聞いてくださいよ。この心のありったけを今夜は、この宇宙に放ちたいのですよ。

あれは二〇〇五年の晩秋、私は人生で初めての大失恋をしました。このままずっと続くと思っていたものが、ある日突然崩れてしまった。

私が旅行から帰ってきて以来あまり目を合わせなくなった同居人は、私の目を見ずに「他に好きな人ができた」と更新したばかりの同棲部屋で言いました。予想もしていなかったことを突然聞かされると、景色は広角レンズで見たそれのように歪むことを知りました。告げられる方は唐突だけど、告げる方は着々といろいろ進めてんだよな。

ちょうど異業種に転職したばかりだったので、職が変わり、男を失い、住む家も変わった私は途方に暮れてしまいまして、まぁそれからは本当にみっともなく、ズルズルと二十五キログラムも痩せてしまった。二十五キログラム痩せても普通に生きてるぐらい太っていたとも言えます。

痩せた私はどうかしていて、友達の家に行くにも「もしかしたら彼にばったり会うかも……」と、ばっちりメイクして綺麗なおべべを着ていったり（ばったり会うわけがない）、下戸なのに毎晩知人のバーに入り浸って朝までジュースを飲んでクダを巻いたり、山手線で思い出深い恵比寿を通過する度に泣き崩れたりしていた。

生きている意味がなくなってしまった。

つまりギリギリ人間だったのであります。

一世一代の大失恋をして知ったことは、失恋は親が死ぬよりはるかに苦しいということでした。なぜなら喪失感に妬みや恨みがトッピングされるからです。大好きな人の不幸を祈るという、よくわからないパラドックスに日々熱心でした。もうそこにないものに、ずっとず――――っと執着していた。

そんな私をギリギリのところで崖から落ちないよう引きとめていてくれたのが、キリンジの楽曲でした。それまでは「エイリアンズ」を知ってるよ～程度でしたが、なにかの時に「Drifter」という曲を聞いて、ヤスの声に、兄の詞に、私は内臓のすべてを鷲掴みにされました。

あれは決別の歌ではないけれど、私には決別の歌に聞こえたのです。

冷蔵庫のドア開いてボトルの水飲んで、私はなんとかシラフでいようと自分に誓いを立てました。実際には可哀想な自分に酔っていたけれど。

それからはむさぼり食うようにキリンジを聞きました。過去のアルバムを買い、ソロを買い、歌詞を読み、音の粒を聞き、言葉のひとつひとつに打ちのめされ、励まされ、気付かされ、時間よ、もっともっと早く過ぎろ！　と祈りました。

キリンジの画像をググっては右クリックして保存し、ネットラジオの「キキキリンジ」を聞き、友達とキリンジ縛りのカラオケに行き、ｍｉｘｉでキリンジについての熱い思いを日記に書き、単行本を買って風呂で読み、『テレビブロス』を立ち読み（買えよ）、年末にはひとりでカウントダウンジャパンのライブに行きました。

とにかく一日中キリンジを聞いてキリンジのことを考えて、なんとか明日に命をつなぐことができました。あの時私の心は確かに仮死状態だったのだけれど、なんとか生きていられたのはキリンジと忍耐強い友達のおかげでした。だからキリンジには借りがある。

それからキリンジは私の特別になり、リリースがあれば問答無用で必ず買う唯一のアーティストになりました。そしてなにを問答無用で買っても、キリンジは私の期待に必ず応えてくれました。

キリンジは決してメロドラマの主人公にはなれない市井の人々の控え目な日常や感情を、丁寧に丁寧に歌ってくれる。車通りの多い道で、黙って車道側を歩いてくれる。

失恋の痛手は忘れた頃にフラッシュバックでやってきて、「影の唄」が配信されたあたりでもまだめそめそしていたけれど、アルバム『DODECAGON』の一曲目に入っている「Golden harvest」のハンドクラッピンをひとりで練習して乗り切った。ビルボードライブ東京のチケットは結局一度も取れなかったけれど、兄のレトリックとユーモアと、弟のナイーブな感情と誰よりも澄んだ声にはそれから何度も何度もシラフに引き戻して頂いた。

誰ともコミュニケーションを取りたくないけれど、誰かにそばにいて欲しい時、キリンジはいつもそこにいてくれた。

堀込兄弟のキリンジが終わる日が来るなんて、考えたこともなかった。

笑っちゃうほどの大失恋から早八年のある日、「キリンジからヤス脱退」のニュースが舞い込みました。このままずっと続くと思っていたものが、ある日突然崩れてしまった。突然予想もしてなかったことを聞かされると景色は広角レンズで見たそれのように歪むことを思い出しました。告げられる方は唐突だけど、告げる方は着々といろいろ進めてんだよな。

キリンジの音源はすべてPCに入っているけれど、久しぶりにCDを引っ張りだしてきました。『Fine』と『DODECAGON』がなかった。大失恋の次の次に付き合った男の家に、喧嘩別れしてぜんぶ置いてきたのを思い出しました。私は今日も図々しく生き延びています。

ヤスがキリンジとして出演する最後のライブの夜、私はNHKホールに開演ギリギリで到着しました。席についてすぐライブが始まりました。キリンジはこれ以上ないというほどたくさん演ってくれた。「さよならデイジーチェイン」で、昔女友達が「ライブであれ聞いて、なんでだか突然泣いちゃったんだよ」と恥ずかしそうに言ったことを思い出した。思い出したら今度は私が泣けてきた。

本編最後の「ブルーバード」を聞いて、ああこういうことあるよなーと思いました。真相はわからないけれど、あの旅立ちの歌を書いた時、ヤスは自分がこれを歌ってふたり組のキリンジに自ら幕を下ろすとはまったく予想していなかったのではなかろうか。

私は私が歌詞を書いた旅立ちの歌を最後に歌って解散（散開）したガールズユニットのことを、ちょっと考えました。

奇特な方のご厚意で、ライブ終演後おふたりにご挨拶ができました。熱いファンのみなさますみません。熱烈な好意丸出しをやるとご迷惑なのはわかっていたので、きわめて冷静にライブが楽しかったことと、感謝を伝えた（はず）。

高樹さんには「（TBSラジオの番組）トップ5はもう終わっちゃったんですか？」と尋ねられた。「ワタクシ、音楽の仕事もしてますねん」と、解散してしまったガールズユニットのアルバムをおふたりに渡したら、「とまとぅんぱいん……。あ、知ってる」と泰行さんに言って頂けた。あんた本当に生きてて良かったねぇ。私は心の中で自分に言いました。

帰り道、そういえば失恋で頭がおかしくなっていた私を励ましてくれたのは、キリンジの「Drifter」だけじゃなく、馬の骨（弟泰行さんのソロプロジェクト）の「枯れない泉」もあったことを思い出しました。「燃え殻」からの「枯れない泉」！

ならば二十五キログラム減った体重も無事に元に戻ったことだし、私は冷めたピザをほおばりながら、新しいキリンジと馬の骨の新作を待ちますね。

お疲れさまでした。ありがとうございます。

音楽ってマジ素晴らしいな。

女友達がピットインしてきました

大切な女友達が男と別れました。ちゃんと付き合って、ちゃんと別れた。大人だからね。これからは、ピットにインしてきたオーバーヒートのF1カーを、女友達というメカニックが至れり尽くせりでケアするのであります。大丈夫、すぐに車道に戻したりはしないから。ただ、素早く黙々とやるよ、私たちは。手慣れたもんだぜ。

あの頃十五歳だったあなたも私も、四十にもなってまだ、ホレたハレたをやってるとは思っていなかった。しかし残念ながらふたりともまだ、弛んだ体にムチ打ってホレたハレたをやっている。あなたの二十四歳の失恋と、三十歳の失恋と、そして今回の失恋を見てきたよ。それ以外はあんまり数に入れなくていいよね？

自分からは別れられなかったあなたが、自分から別れを告げられたんだからすごい進歩だ。彼は決して悪い人ではなかったよ。あなたのことも、真剣に好きだったと思う。あなたも彼のことを真剣に好きだったよね。お互いを真剣に好きなふたりが別れを選ぶのってホント文字にすると意味がわからんね。でもそうするしかない時って、あるある。

私たちはもう、何度も何度も誰かとくっついちゃ別れているので、この傷を治せるのは時間しかないと知っている。だからあなたは、どんどん時間が過ぎて欲しいってずっと言っていて、でも時間が過ぎていくといろんなことが過去になって、別れた相手はどんどん自分と関係のない人間になって、現在進行形で共有できるものがなくなっていく。それはそれでつらいんだよな。

「正しいことをしているのは自分でもわかっているんだけど、自分がいま、正しいことをしたいのかどうかがわからない」と、あなたは憔悴していた。そうだよね、そうだよね。正しさってなんだろうね？　それにしても、終わりそうな恋愛というのはなんでああもハッキリ、終わることがわかるんだろう。あなたは「カウントダウンはちょっと前から始まっていた」と言っていたけれど、そういう感覚は、私にも身に覚えがあるよ。

どうにかしてうまく運転していこうと思っているのに、どうにもうまくいかなくて投げだしたくなって、なにがいちばん大事なのかを考えて考えて、その順位が一時間ごとに変わって、やっぱりふたりでいることが大事だと思うに至る。なんとか気を取り直してまたハンドルを握る。大丈夫大丈夫って言いながら、だましだまし走り続ける。それを何十回と繰り返して、それでもどうしてもエンジンがかからない日が来る。なんとかエンジンはかかっても、車が前に進まない日が来る。

終わりそうな予感はあんなにずっとあったのに、ああ、もうどうにもならんよな、という瞬間が、ある時突然やってくる。あなたがボロボロになった状態でピットインしてきたのがわかったから、私たちは無線で連係をとりながら、誰かはそばにいられるようにするよ。あなたがそうしてくれたように。

「青い空を見ただけで彼を思い出すから、家から出られない」って言ってたけど、そんなに早く忘れようとしなくてもいいと思うよ。そんなに早く忘れられるわけないけど。なにかと自信喪失することばかりの毎日で、自分を心底好きな男がいなくなるのはキツいよ。わかるよ。でもさ、すんごいガッカリする事実なんだけど、時間が経てばいつか大丈夫になるって、私たち知ってるからねー。ホント残念。

別れたんだから、しばらくはなにがあっても会わない方がいいってのが定説だし、それがいちばんだと思うけど、私はあの時にそれをやって、実はすごく、まだ後悔してる。別れたからと姿を消して完全な音信不通にしたのは、実は自分の身を守るためだけじゃなくて、別れた男への当てつけのつもりだったんじゃないか？　って思い出してはまだ胸が痛むことがある。あなたの失ったものは大きかったわよって、後悔すればいいわ！　って、なんかドラマの主人公気取ってひどいことしてたんじゃないかと、別れた男に罰を与えた気になってたんじゃないかと。傲慢だよねー。それでいて、私はずっと向こうからの連絡を待っていたよ。

あ、自分の話になっちゃった。ごめんごめん。終わらせ方やタイミングは、そんなにスパッとできないよね。そうした方がいいのはわかってるんだけどさ。ズルズルしていいことなんて、ひとつもないからね。

二十五年あなたを見てきて、今回の判断はまったく間違ってなかったと思うよ。でも、正しいことがなんの担保にもならないのもよくわかる。もう一回言うけど、彼も悪い人ではなかったよ。悪い恋ではなかった。さみしくてつらい日は必ず終わるから、まぁそんなこと言ってもいまはまったく無意味なんだけど、とにかく私たちがそばにいるから大丈夫だよ。五人体制ぐらいでシフト組むから心配しないでよ。女友達は万能薬でなきゃいけないからね、お互いに。

年をとろうが、太ろうが痩せようが、皺が増えようが男と別れようが、あなたは素晴らしい女だよ。それは保証するから信じておくれ。いつかこの失恋から立ち直ったことさえ、生きる自信につなげるぐらいのしぶとさを、私たちは持っている。それを忘れないで。

……というようなエモーショナルでポエムちっく（ポエジーではない）な文章を、随分前に書いて保存しておいた。当事者であるこの女友達が、すっかり元気になったのを記念してリリースします。やはり私たちは強い。時に弱いけど、残念なほどに強くもある。

結婚も出産もせず生き長らえていると、生きることはまるで賽《さい》の河原で石を積むのと同じに思えてきますね。それでも、いくつになってもみずみずしいあだ花を咲かせるのは楽しい。

勤労と納税と己の再教育には抜かりがないので、国民としての義務は果たしていると言えよう。私たちは、当面これでいいのだ。

笑顔の行方

笑顔の素敵な人、というのに憧れます。笑い顔の清々しい人というのは、接しているこちらも大変気持ちが良い。美人だとか可愛いとかは、この場合あまり関係がありません。顔の造りより、表情から出る愛嬌の方が身を助けることはたくさんあります。

上手に笑う、と言えば計算高い印象になりますが、笑顔の上手い下手というのはある。パッと瞬間的に笑顔になれる人がいる一方で、笑うと顔がひきつって、楽しい気持ちや喜びが伝わらない人がいるでしょう。私は後者でして、喜びを表情で伝えるのが、とても苦手です。素直に笑えば良いと言われても、(こっちはこれでも、楽しいし笑ってんだよ……)と、トホホな気分になることが多い。

私の三歳のお誕生日を祝う家族写真を、アメリカ人の友人に見せた時のこと。この陽気なアメリカ人は、

「ハッピーなはずのバースデイに、なぜみんなサッドフェイスをしているんだい?」

と私に尋ねました。

我が家のハッピーフェイスは、アメリカではサッドフェイス。

口角が切れるまで口を広げて歯を剝きだしにすればいいのかよ……。喪黒福造並に歯が見えるそのアメリカ人の笑顔を、私はうらめしく思いました。

高校時代には、こんなこともありました。私の学生時代には卒業の定番グッズだった、サイン帳にまつわる事件です。サイン帳とは、専用の用紙をファイリングできるブックレットのこと。用紙には住所、名前、血液型、ニックネームなどのプロフィールと、コメントやイラストを自由に記入できるスペースがあります。これを仲の良い友達に配って、記入して戻してもらう。サイン帳は、三年間の思い出がぎっしり詰まった自分だけの宝物。

そんなセンチメンタルなサイン帳に、友人ほぼ全員から「最初は怖い人だと思った」と書かれたのが私です。「怖い」と書いていた人はみな「仲良くなったら、まったく怖くなかった！」とメッセージを結んでくれたので助かりましたが、要は私の第一印象が怖いという話。顔が怖いのだそうです。家族全員、笑っても歯が見えない顔だからでしょうか。なんでもかんでもトラウマやコンプレックスになるほど繊細ではありませんが、私はいまだに笑顔や写真が苦手です。

人前に出る仕事をすることもなく、あまり笑顔や写真について深く考えないまま中年になった頃、どういうわけか、ラジオやテレビに出て写真を撮られる機会が出てきました。

それまで、カメラマンの後ろで被写体の表情をチェックするような仕事をしていた私にとって、これはかなりの負荷でした。もともとがスケアリー且つサッドに見える顔なのに、不特定多数の人が見て楽しそうに写らなければいけないのですから。これも仕事の一環だし、なにより本当に楽しいのだから、それが人に伝わった方がいいに決まっています。

写真を撮られる時はいつも、カメラマンの後ろにもうひとりの私が立っています。そして無表情に「その顔でいいの？」と被写体の私に問いかけてくる。俯瞰のプレッシャーに耐えて慣れない笑顔を作っては、あとから上がってきた写真を見て「この顔、ぜんぜん笑ってない!!!」と私はがく然とします。笑顔を見せたいという意思が、写真にまったく反映されないのです。

それでも、慣れとは想像以上の力を持つものです。ある時は女性アナウンサーやお笑い芸人さんたちと一緒に、ある時は何人もの人が見ている前でひとりカメラマンの前に立ち、私は何枚も写真を撮られました。そうしているうちに、緊張がほぐれてくるというか、心情的にはどうでもよくなってくるというか、私はどんどん麻痺していきました。

どれぐらい大げさに笑えば、そこそこの笑顔として写真が上がってくるのか、目算も付くようになりました。写っている顔に満足しているわけではありませんが、昔よりは笑っているように見えるし、まぁこんなもんかと思うに至ったのです。

そうやって自分のツラにも慣れた頃、久しぶりに単体で写真を撮って頂く機会がありました。かなり頑張って笑ったのに、上がってきた写真の私は、やっぱり笑顔がまだまだ硬かった。少し快活な地蔵といったレベルです。

そんなトホホをつぶやいたら、女優やモデルとして活躍する、笑顔の可愛らしい女性から「普段から口角を意識するだけで顔の筋トレになるので、意外と鍛えられます。顔の筋肉が柔らかくなるだけで、笑顔はだいぶ違う」と、アドバイスを貰えました。プロは笑顔の研究をし、日常生活から素敵な笑顔を心がけている。彼女のプロ意識に感心していたら、女優でもモデルでもない友人までが「私も笑顔の特訓したことあるよ」と言うではありませんか。おい、アマチュアも笑顔の練習をしているのかよ。

この友人曰く、彼女が高校時代にアメリカに留学する際「言葉が通じないところでは笑顔が最大の武器だから、笑顔を練習した方が良い」と留学カウンセラーに言われたそうです。彼女は私の友達の中でも、最高級の笑顔の持ち主。それがまさか、練習の賜物だったなんて。いいえ、それ以上に、あの素敵な笑顔が練習で手に入るなんて！

それにしてもアメリカ人は、どれだけ笑顔が好きなんでしょうね。笑う顔で敵ではないと示しているという話なら、私も聞いたことがあります。笑顔が下手な私にとって、表情から感情を読み取られるのは非常に不利。笑っていないと思われて、アメリカで銃をぶっ放されては、たまったものではありません。

改めて考えてみると、表情は顔面の随意筋である表情筋で作られるものです。「良い笑顔」とされているものは、なにかと情緒とくっつけて語られがちですが、要は筋肉が思い通りに動かせるかどうかという話ではないか。そりゃあ腹筋に比べたら気持ちに引っ張られるものではあるけれど、理論的には腹筋と同じように、自分で鍛えられるものであるはずです。

情緒と表情を直結したものと思い込み、気持ちが顔に現れないのは情緒が欠落しているか、自分の顔の造りのせいだとあきらめていた私にとって、これは朗報でした。私の笑顔がイマイチなのは、素直さが足りないわけでも、顔の造りが笑顔に向いていないからでもない。ただ単に、表情筋が衰えているだけなのかもしれない。

筋肉の柔軟性が高い子供だって、大人になったら定期的なストレッチをしないと体は硬直していきます。顔面だって、そうかもしれない。私のような筋金入りの笑顔レスでなくとも「大人になって、子供時代のように素直に笑えなくなった……」なんて感傷的になっている大人の笑顔がイマイチな理由は、単に表情筋トレが不足しているからではなかろうか。

二重あごを取るためのエクササイズは数あれど、楽しそうな笑顔を作るための表情エクササイズというものを、私はあまり見たことがありません。表情筋を鍛えるエクササイズはあるけれど、それは顔のむくみを取るためだったり、老け防止だったりが目的です。おなかが出たらひっこめるために腹筋を鍛えるのが美徳なら、上手に笑うために顔面の筋肉を鍛えるのもアリのはずなのに、これはどうしたことでしょうか。

笑顔のための実践的なエクササイズがおおっぴらに推奨されていないのは、作為的に笑うことが善しとされていないからだとは思います。が、楽しさや喜びが表情に現れないことの方が、私はよっぽど問題だと思います。

鏡を見て笑顔の練習をするのはなかなか気持ちの悪いものですが、毎度毎度写真を見て落ち込むぐらいなら、顔面の筋肉と向き合ってみるのも中年の嗜《たしな》み。私はそう思いました。

「極上の笑顔で運を呼び込む」とか、「愛され笑顔研究」とか言われるとゲンナリして二度と笑えなくなってしまうので、ここはひとつ『Ｔａｒｚａｎ』あたりにストイックな特集をして頂きたい。笑顔にはそれなりの価値があるからこそ、とにかく情緒の質量や素直さと笑顔を、一度切り離して考えた方が健康的だと思うのですよ。だって、ただ体が硬いのと同じ話かもしれないんですから。

体の硬さに感傷的になったり、それを後ろめたく思ったりする大人いますか？　うまく笑えない人の胸の痛みよりは、ずっと少ないと思いますよ。うまく笑えないことをセンチメンタルに歌う歌はあれど、体の硬さを感傷的に歌った歌なんて聞いたことない。だから笑うことの意義とか情緒とかあんまり深く考えず、ひとりで百面相でもして表情筋の柔軟性を高めとけばいい。それだけの話なんだと。

やさしさに包まれたなら、四十路。

小さい頃は、神さまなんていないと思っていました。学校に行くと、男子はバカで横暴で意地悪で、なにより掃除をしない。あいつらはいつも男同士でくだらないことをやっているか、可愛い女子をからかっていました。

私は体格が大きかったばかりに、生意気だと男子から腹を蹴られたりグーで肩を殴られたりしていました。思い返すと、悔しさで噛んだ唇に血が滲みそうになります。いじめられていたわけではありません。なぜなら、私も彼らの腹を、思いっきり蹴り返していたので。

それはさておき。無神論者のまま四十路に入った私の周りで、最近珍妙な現象が起こっています。二十代の男の子たちが、私たちにとても優しく接してくれるのです。行きつけの喫茶店ではバイト男子が満面の笑みで私を迎え、ちょっとした世間話をしてくれる。しかも、ラテアートはハート。エクストラチャージを払って描いて貰ったのではありません。

ジムで一緒だった男の子は、喜んでスポーツ観戦に付き合ってくれます。クラブに行こうとか、話を聞いて欲しいとご飯に誘ってくれる男の子もいます。驚いたことに、彼らはホストでもなければ、介護士でもありません。こちらから、金銭や物品の供与もありません。二十代男子に、いったいなにが起こっているのでしょうか。

「これはあれなの？　国の福祉の一環なの？　このシステムを継続してもらうには、どこにお金を振り込めばいいの？」私は半ば真顔で女友達に聞きました。すると、「わかる‼ お金払わないの、ホント申し訳ない！」という四十路女の声が、あちこちからあがってくるではありませんか。彼女たちも、二十代男子からやけに優しくされる状況に戸惑っているようなのです。

「四十女がいま人気！」とか、「私たちはいくつになってもモテる！」という、厚顔無恥な話をしようとしているのではありません。そういうことではないのです。年の差カップルが増えているとは言え、三十代の男たちは、私たちから勝手に生々しいババア成分を感じてたじろぎますし、四十の女なんて、ゾンビ以外のなにものでもないと思っている野郎もいる。同世代の男たちは、「俺もおじさん、君もおばさん」というスタンスを絶対に崩しません。一部の二十代男子だけが、私たちに気持ち良く接してくれるのです。

「気持ち良く接してくれている」とはどういうことでしょうか？　それは、相手の態度に、こちらがなんらかの引け目を感じないで済む、ということです。他世代の男性と比べるならば、私の加齢を「看過できないネガティブファクター」とは、捉えていないような印象を与えてくるということ。

母親との方が年が近い女に対し、畏《おそ》れ慄《おのの》くでもなく、過度に甘えてくるでもなく、張り合うでもなく、憐れんだり、媚びるでもない。彼らはごくナチュラルに、礼節をもって接してきます。「年の離れた異性」という文字列にポジティブな意味もネガティブな意味も付帯させず、フラットに人として接してくれるのです。これは本当に気持ちの良いものです。

この珍妙な現象についてひとしきり話していたら、「彼らの恋愛ターゲットからはみだしたから、優しくされてるような気がする」と、女友達のひとりが言いました。ああ、それだ！　私たちは一斉に膝を打ちます。

十代から三十代半ばまで、私は男たちの恋愛対象の内外に（主に外に）放り込まれてきました。私の意思とは関係なく、出荷前の野菜のように、勝手に選別されてきました。あれは本当に居心地の悪いものだった。

なによりも、性的対象になり得るか否かのものさしで、バッと測られることが嫌でした。ただの男友達だって、酔った拍子に性的ものさしを持ちだしてくる輩がいるのです。酔ったら口説いてくるって話じゃありませんよ、その逆です。普段は性差なんて感じさせない振る舞いをしているのに、酔った勢いで「おまえは女じゃないからなー」などと言うのがいる。そういった言葉に傷つくのは、付き合いたいとは思わない男から、女性としての魅力を否定されたから。品のない言い方をすれば、性的関係を望んではいない人から、否応なくヤれるかヤれないかの箱に仕分けられるのが、十代から三十代の女です。

ところが四十路に足を踏み入れた途端、私たちはある種の大気圏外を漂うことに成功しました。二十代男子がこちらに性的ものさしを向けることは、ほぼ皆無！ ヤれるかヤれないかの箱が存在しない楽園、それが四十路！

二十代の頃、同世代の男が私にこんな風に接してくれていたら、毎日はどんなに過ごしやすかったでしょうか。まぁ「性的ものさしは嫌だから、やめて欲しい」と毅然と言えなかった私がいたことも事実です。でも言えなかったよなぁ、そんなこと。わかってもらえなかったら、相当みじめな気持ちになってしまっていただろうし。

バカボンのパパと同い年の私が勘違いをして、二十代男子に性的ものさしで測ってもらおうとシナを作った途端、彼らはギャーと叫んで逃げていくと思います。友達のお母さんが色目を使ってくるようなものでしょうし、そんなことは絶対にしませんよ。こんな楽しい状態を、自ら手放すような真似はしません。自分の年をわきまえつつも卑屈にならなければ、粗雑に扱われていた可哀想な二十代をもう一度やり直し、新しい記憶を上書きしているような気分になれる。これ、なんらかのセラピー効果すらある。こんな未来が待っていたなんて、誰も教えてくれなかった！

大人にちゃんとした成人と認められたいがゆえに、二十代男子がきちんとした態度で接してきているのも、私を心地好くさせている理由のひとつかもしれません。いま私に優しくしてくれる二十代男子も、私が同じ二十代だったら態度は違ったと思われます。ああ、私がいま二十代じゃなくて、本当に良かった！

そこに居るだけで価値があるはずの女の二十代前半、自分にたいした価値が付かなかったことは、私の人生にそこそこの影を落としました。そこでついた傷を、あとから癒やすことはできないと思っていた。でも倍の年齢に突入したら、居るだけで大切にしてくれる二十代の異性が出てきたのですよ。生きてて良かったとしか言えないよ。

では、女子学生から低い価値を付けられていた男子学生は？　女子の眼中に入らず、普通に喋れず、男のものさしを出す前に、女のものさしで拒絶されながら青春時代を過ごした私のような男子学生。そんな男の子も、そこそこ存在したに違いない。正直に言えばすぐに彼らの顔が思い浮かぶ。私は被害者であり、加害者でした。

大人になった彼らは、いったいどこで青春を再インストールするのかしら？　キャバクラではないんですよ、たぶん。あそこは性的ものさしで測って余りある若い女たちが、それを競りにかけているところでしょうから。うーむ、と考えて、私はあるアイドル好きの男友達を思い出しました。

彼は企業で働く三十代後半の男性です。本人曰く恋愛経験豊富ではないようですが、女と喋れないわけではない。みんなで飲みに行けば、いつも楽しく時間が過ごせる仲間であり、映画に行こうという話になれば、事前にチケットを買っておいてくれる優しい男です。

ちょっと声がでか過ぎるけど。

彼は、十代のアイドルグループを追っかけています。遠方のライブに足を運び、一枚一〇〇〇円のCDを何枚も買って、女の子と三十秒程度話すイベントに通います。アイドルに興味がない人から見たら、ただただ気色の悪いシーンだと思います。しかも、その三十秒でなにを話すかを、彼はいつも真剣に考えている。

前の晩から質問を考えて、女の子と会話が弾むと「今日はうまく話せた！」と喜び、思ったように会話が運べないと、彼はガックリ落ち込んでしまいます。それを不憫と思うなかれ。それで暗黒の記憶が塗り替わるなら、私はそれを嗤ったりできないよ。あの頃には相手にもされなかった人と、楽しく会話をすること。それが彼の楽しみであり癒やしなのだとしたら、それは私と一緒だから。

二〇一四年雑誌の旅

十代から二十代の前半まで、私は雑誌が大好きでした。小学生時代は『明星』や『平凡』といったアイドル雑誌に加え、四半期に一度出る『明星ヘアカタログ』を必ず購入していました。『明星ヘアカタログ』とは、数名のロングインタビューやグラビア以外は、ただひたすら女性アイドルや歌手の髪型が掲載されていた雑誌です。

最近の美容院に置いてあるヘアカタログ雑誌には一般人やモデルの髪型が掲載されていますが、八〇年代には芸能人だけのヘアカタログがあったのですよ。キョンキョンが突然片方のサイドを刈り上げた時にはびっくりしたなぁ。確か表紙になっていたはず。瞼を閉じれば、いまでもミポリンのブローの効いたサーファーカットが浮かびます。レイヤーも入っていない直毛ロングヘアの友達の髪でブローを試し、髪がブラシに絡まりまくって取れなくなったこともありました。あの頃は、部屋で好きなアイドルの髪型を眺めているだけで幸せでした。

小学校高学年になると、姉のいるマセた女子を真似して、私も『オリーブ』を入手するようになります。憧れのリセエンヌのライフスタイルや、ポンパドールや前髪を散《ざん》切りにしたボブなどの魅力的なヘアスタイル。ドゥファミリィ、ツモリチサト、PERSON,S、PAGE BOY、45rpm、アニエスベーといった、DCブランドと呼ばれるアホみたいに可愛い服。行ったこともないパリでは、16区というところがイケてるらしいよ。まるでパリみたいな写真は、飯田橋の東京日仏学院というところで撮影されてるんだって。文化屋雑貨店や宇宙百貨の雑貨、お小遣いで買えるかな？　中島らもとわかぎえふの連載、ちょっと難しいけどおもしろいね。山田詠美の「放課後の音符（キイノート）」、見たこともない世界の話で、ドキドキするよね……。いまでも『オリーブ』のことをちょっと考えるだけで、私は記憶の穴のようなところに落ちて出られなくなってしまいます。

『MyBirthday』という占い（おまじない）雑誌も、よく買っていました。掲載されていた怪しいおまじないを、友達とやりまくりました。たとえば、好きな人の髪の毛を三本集めて呪文を唱え、ティッシュに包んで枕の下に置いて寝るなどを真顔で。なぜって、そうすれば両想いになれると書いてあったので。

中学になると、『ポップティーン』や『エルティーン』といった、ちょっとエッチな雑誌（いまとは趣向の異なる雑誌だったのです）を親に隠れてこっそり購入しました。同世代女子のあけすけなセックストークや、男の子との付き合い方ハウツー。それはよその国の出来事のようで、私を大変コーフンさせました。

リセエンヌになるチャンスはおろか、恋愛チャンスにも恵まれないまま、私は高校生になっても『オリーブ』を読み続けました。のちの酒井順子さんであるマーガレット酒井さん（特別な女子高生）は、クイーン・オブ・文化系女子高生。酒井順子さん、しまおまほさんなど、オリーブは特別なティーンを見つけるのがすこぶる上手でした。モデルで言えば、吉川ひなのさんや、観月ありささんの写真も、涎が出るほどカッコ良かった。のちの花田勝氏のお嫁さん（いまは元お嫁さん）になる栗尾美恵子さんが読者代表として所ジョージさんと対談していたり、オリーブという雑誌が私たちの時代を牽引していた実感は、いまの私にも誇らしく残っています。

高校時代にはオリーブに加え、サーファーでもないのに『Ｆｉｎｅ』を読みました。『ｍｃ Ｓｉｓｔｅｒ』や『ＳＥＶＥＮＴＥＥＮ』もチラ見したと思います。なんでも良かったのかと言えばそうでもなく、当時最も売れていたと言われる『ｎｏｎ－ｎｏ』にはほとんど興味を示せませんでした。あ、毎週金曜日の『ａｎａｎ』も忘れずに買ってましたね。高校生の頃はお小遣いのほとんどを雑誌に使っていたのではないでしょうか。

大学生になると、『ＪＪ』の梅宮アンナさんや、『ＥＬＬＥ』のスーパーモデルたちから目が離せなくなる一方で、『週刊朝日』や『宝島』、音楽専門雑誌も読むようになりました。私は若くて何者でもなかったから、何者かに憧れ、妄想を膨らませるのに、雑誌はいちばん手っ取り早い起爆剤だったのです。

そして社会人になって数年後、相変わらず週刊誌や漫画雑誌、特集によってはａｎａｎ

は読むものの、定期購読する女性誌がさっぱりなくなってしまった。ティーンになってから定期購読していた女性誌はなにかしらあったのに、二十代中盤以降の私にはどの女性誌もしっくりきませんでした。

二十代後半、私はまだ何者にもなっていなかったのに、夢が見られる女性誌はどこにも見つからなくなりました。比較的毎月買っていた『CREA』も猫特集が目立つようになってきて手に取らなくなり（猫より犬派でして……）、メイク雑誌の『VoCE』もモノクロページばかり読むことが増え、いつのまにか手に取らなくなりました。叶姉妹がまだ三人だった頃の『25ans』はおもしろかったけれど、毎月買うには重いのでやめました。三十代に至っては、『週刊文春』と『週刊新潮』と『ビッグコミックスピリッツ』（青年向け漫画週刊誌）ばかり。女性誌にはほとんど食指が動かないまま、あっという間に十年が終わりました。

そして現在四十一歳になり、相変わらず「私のためにある！」とぴったり共感を覚える女性誌にはなかなか巡り合えません。隔月程度に『美ST』を買っていますが、それは中学生の私がポップティーンを買っていたのに等しい感覚。知らない世界の強烈な人たちを覗く楽しさとでも申しましょうか、美という単車を暴走させる族へのときめきとでも申しましょうか。異文化との出会い、それが美STです。

四十代・未婚・子ナシのワーカホリック女なんて、分母が少ないから読者対象にならないわよ、と言われてしまえばそれまで。しかし、私にはまだ女性誌読みたい欲がある。ネットがどんなに発達したって、紙で読みたい時があるじゃあないですか。ですから新しい女性誌が創刊されれば、いつもチェックは欠かしません。

昔の癖が抜けず、二十三日あたりにコンビニや本屋に行って雑誌コーナーをウロウロしてみますが、どの女性誌を手に取っても読み進めるほどに居心地が悪くなる。これは私の読む雑誌じゃないわ、と違和感を持つだけだった女性誌に、ここ数年は劣等感ばかりを刺激されるのです。これはとても悲しい。

女性のライフスタイルの多様化に伴い、中年向け女性誌の選択肢も増えました。結婚していれば良い、子供がいればなお結構という時代でもなくなったのに、どれを手に取っても読み手として落第の判を押されたような気分になります。働く女性向けのラグジュアルなファッション誌を読めば「この雑誌の読者はこんなに高いものを買えるのか……それに比べて私は……」と肩を落とし、美容雑誌を読めば「ここまで努力しないとダメなのか……それに比べて私は……」とますます眉間に皺が寄る。間違って料理雑誌など手に取ってしまったら最後「こ、子供に弁当！　それに比べて私は……」と己のお気楽っぷりに恥じ入り、私はそっと雑誌を閉じるのです。やはり、読めない。

女性誌は、ファッションや素敵なライフスタイルがメインのテーマ。後半のモノクロページには、現実に即した悩みや愚痴と、申し訳程度のカルチャー情報が掲載されています。

誌面を飾る読者は、誰も彼もがキラキラしています。

二十代の終焉まで、何者でもなかった私には執行猶予が付いていたというか、「もしかしたら、ここから逆転があるかもしれない……！」と思っても、それは不遜ではありませんでした。ですから、掲載されている「私が持っていないなにか」がいまの自分と程遠くても、未来の自分へ思いを託せる余地があった。

しかし、三十代になってしまえば「私もいつか……」なんて余裕は、ほとんどなくなります。あの日のいつかは、いまの私。同世代の女たちが読む雑誌を開けば、手に入らなかった完璧な理想形が、読者モデルという現実の姿で笑っています。シビアな女の現実は『AERA』と『婦人公論』が赤裸々に教えてくれますが、読み応えはあってもワクワクした気持ちにはなれません。キラキラ部分は誰かの現実、ジメジメ部分は私の現実。そりゃ、暗い気持ちにもなるというものです。

確かにあの頃の「未来」はいまですよ。いやもっと前に「憧れていたあの頃の未来」は終わっているかもしれない。もしかしたら、いまは「あの頃憧れた未来」の先の余生みたいなものかも。実際問題、あの頃憧れた未来を手に入れられた人は、どれだけいるでしょうか？　そこには辿りつけなかった人がほとんどではなかろうか。私は全然、辿りつけませんでした。それどころか、人生は予期せぬ方向にしか進んでいません。

お金を払って「こうなるはずだったのに……」を見せられるのは、なかなか疲れるものです。私はいつまで経っても京都や歌舞伎に興味が持てない自分を、責めたくはない。

リアリティに溢れる低め安定現状肯定型の中年向け女性誌が出版されれば、私の悩みは解決するでしょうか？　それもまた、私が求めているものとは違う気がします。雑誌の中の分身と現状を指さし確認し合っても、愉快な気持ちは生まれそうにありません。もう未来に夢や憧れを馳せることができない私たち中年女が、欠落感や疎外感を感じずに、また女性誌を楽しめるようになるにはどうすれば良いの……。

視点を変えて、いま私が自身の欠損部分を刺激されずに読める雑誌はなにかと考えると、青年漫画誌とおじさん週刊誌が挙げられます。これを女のおじさん化と安易に指摘するなかれ。それを完全に否定はしませんが、それ以上に、その雑誌の想定読者とされていないことが、私になによりの安心感を与えているのも事実。異性の他人事なら、なにも突きつけられずに楽しめますから。

いつものようにコンビニで雑誌を物色していたある日、私は『週刊現代』を手に取りました。そこには、独自のゲスい視点で書かれた記事が載っていました。軟派な話題だけでなく、政治や経済といった中年だからこそ気になる話題にも、パンチの効いたゲスさが発揮されていました。なにこれ、おもしろい！　私はすぐそれを購入し、家に持ち帰りました。

ベッドの上で腹這いになり「六十歳以上のセックス特集」を堪能したあと、ページを繰まで。

る私の指が、あるページのコラムで止まります。そこには「コラムニスト：酒井順子」の

文字がありました。憧れの「特別な女子高生」、マーガレット酒井さんが、刺激的、且つ

ゲスな男性誌にコラムを書いている。しかも、あの頃の鋭い視点と、ローテンションのま

オリーブ原理主義者だったにもかかわらず、私は大人になった意識の高いオザケンに付いていけず、アイコンだった栗尾美恵子さんは、まったくカテゴリーの異なる雑誌のスターになってしまいました。「大人のオリーブ少女はGINZAを読め」とマガハは言うかもしれないが、『GINZA』はファッションの敷居が高過ぎだ。メンターを失い雑誌流浪の旅に出て、ひっそりとひとり『週刊現代』という異国に辿りつき……と、多少メランコリックになっていた私の目前には、あのマーガレット酒井という見慣れたモスクが立っていました。もしかしたら、これこそが順当な道順だったのではあるまいか。「未婚の子ナシ女は四十路《よそじ》で週刊現代」が正解なのかも……。でも女性誌も読みたいんですよ。気が滅入らない等身大か、暗澹《あんたん》たる気持ちにならない未来が描かれた女性誌が。

ファッションとメイクは実用性とトレンドの中間で結構。毒のあるコラムとカルチャーページ、リーズナブルなお店紹介が少々。読み応えのある特集がひとつ。節約テクは他の雑誌に任せ、肩肘張らずに現実からすこ〜し離れて明るい気分になれる中年向け女性誌、どなたか作って頂けませんかね。

今月の牡牛座を穿った目で見るならば

ここ最近ちょっと凹むことがございまして、普段は見ない女性誌の星占いページを見ました。その占いによりますと、今月下旬からの牡牛座は悩ましいことが増え、周囲の状況に振り回される試練の時だそうです。仕事や契約は不利を飲む覚悟が必要だそうで、男性の心は深読みしない方が良いとのこと。

あ、あ、当たってる！

思わず声をあげましたよ。だってそうなんだもの。思い当たることばかりで、まるで私のことなんだもの。占いによると、この時期を過ぎれば新展開が待っているので、パワースポット巡りがオススメだそうです。ああ良かった。

ここでおもむろに、まったく関係ない射手座の占いを見ます。それによりますと、今月下旬からの射手座はミスが多発しやすい運気。即断即決には問題が起こるので、細部を検討すべし。仕事の契約や友人との連絡も、確認を怠りなく。一見付き合いにくいと思われる相手も、貴重な人脈になりそうです。

さて。もし射手座の占い結果が、牡牛座のところに書いてあったら？　私は間違いなく

「あ、あ、当たってる！」と声をあげていたでしょう。だってそうなんだもの。思い当たることばかりで、まるで私のことなんだもの。

星占い自体を否定するつもりはありませんが、占い全般とどう付き合うかは、とても大事なことだと思っています。私が真顔で牡牛座の占いに従い、パワースポットを巡ったらどうなるか？　なにも起こらないかもしれないし、なにか起こるかもしれないし、それはパワースポットを巡っていなくても、起こったことかもしれない。

たとえばパワースポットを巡ったあとに、なにか良いことが私の身に起こったとしたら。私は自分の行動のモトをとりたくなるタチなので「パワースポットを巡ったおかげで運気急上昇↑」と興奮するでしょう。もっともっと運気を上げたくなったらパワーストーンを買って、パワー方角に向かってパワー祈りをささげ、パワー未婚に磨きをかけかねない。そして「すべてのことは、大天使が私のために決めてくれたデスティニー……」と、キラキラした目で語りだすに違いない。

いま半笑いしながら書いているけれど、そういう女を何人か見てきました。占いは嫌いじゃないけれど、良いことも悪いことも、見えないなにかのせいにしたい時、私はだいたい自分の思い通りに物事が進まなくてへこたれている。そういう時期は他人に心をコントロールされやすいので、自分以外の占いの結果も見るようにしています。書かれていることに心当たりがあるものは、大抵二つか三つあるので、それを見て「ふーん」と思ってお菓子を食べて寝ます。最近の流行りは、和菓子ミックス袋です。

二十年ほど前に、アメリカへ一年だけ留学していたことがあります。当時、アメリカの女性誌は、後ろの方に五センチメートル四方の電話占いの広告をたくさん掲載していました。広告に載っている電話番号にかけると、超能力者が前世や未来を見て悩みを解決する（と広告では謳われている）ものです。受話器を持ったおどろおどろしい女性の写真には、大抵 psychic（サイキック）というオカルティックな文字が躍っていました。

サイキックとは、霊能者や超能力者のことです。ちょっと怖い印象のある言葉です。オカルトの隣人です。しかし、あの頃のサイキックは、いつしかスピリチュアルという耳馴染みの良い言葉に変わり、霊験を伝える媒介人は、メッセンジャーやヒーラーと呼ばれるようになりました。

自然や愛を超常現象に絡めたら、おどろおどろしさはガッツリ軽減。ラブ＆ネイチャーがまぶしてあれば、大抵のことが善行に思えてくるから不思議です。このシステムを考えた人は、本当に天才だと思います。

景色が良く気分が晴れる場所を、なぜパワースポットと名付けるのか？　綺麗な石に意味を持たせ、なぜパワーストーンと名付けるのか？　超越した力（パワー）のご利益が欲しいからだと、私は思います。世界が平和になる石、友達の病気が治る石なんて、見たことがありません。スピったグッズには、他者の幸せではなく大抵自分の幸せを叶える効能がついている。これじゃあ自分だけが得をしたいのと一緒じゃあないか。疑り深い私は、そう思ってしまうのです。

特定の場所に行ったり石を身に付けたりするだけで、心身を浄化したい。現世のうちに、楽をしてご利益が欲しい。努力をせずに、特別な私になりたい。そんな浅ましいことは、思っていてもなかなか口には出せません。パワーやスピリチュアルという言葉は、そういったゲスな欲望をオブラートのように包み、楽して得したい人たちの財布の紐をユルユルにします。

スピリチュアルという言葉は、センセーショナルなマーケティング用語です。スピリチュアルは、消費行動と背中合わせでないと存在が成立しない言葉。物質社会に背を向けているテイでお財布からお金を抜いていくんだから、スピリチュアルは、かなりのやり手です。

以前、「聞くとお金が入ってくるようになるヒーリングCD」を見た時には背筋が凍りましたが、優秀な女友達はそれを見て言いました。「これ、誰にお金が入ってくるかは書いてないね！」と。そう、お金が入ってくるのは、CDを聞いた人ではなく、CDを売っている人。スピリチュアル、恐るべし。

「目に見えないものは存在しない」と言うつもりはありません。それでは俗に言う、悪魔の証明になってしまうから。それどころか、商売繁盛家内安全を祈願して、私は毎年熊手を買いに、浅草の酉《とり》の市へ行きます。見えないものに願を掛け、縁起を担ぐのです。

商人の娘に生まれ、そこそこ高い熊手を買い続けて早二十五年。熊手を買っただけで家業や私の仕事が儲かったことは、残念ながら一度もありません。それどころか、自分がどんなに頑張ったとしても、それがまるまる結果として出てきたことがない。商売はある程度そういうものなのだと、親の事業を見て育った私は思います。熊手に、親や私の商才をカバーする力はありませんでした。

馬鹿みたいと思う人もいるだろうし、熊手はスピリチュアルグッズと変わらないと言う人もいるでしょう。他人から見たらそうでしょう。でも私は部屋に飾った熊手を見る度に、自分で考えて自分で動いているか、自分で自分に問いただす。期待通りにはできていないことが半分はあるけれど、まぁ半分は頑張ったなと開き直る。

うまくいかないのは買った熊手が安かったからとか、店が悪いとか、私の信心が足りないからと思ったことはありません。非科学的なものを拝まないと落ち着かないぐらい、商売は思い通りには行かないものだと自分を納得させる。熊手は、ちゃんとやってるかどうかを自分に問うリマインダーのようなもの。

商売は長距離走だけれど、一年ごとの短距離走の繰り返しでもあります。古い熊手を納めて新しいのを選んだら、いつものお店で三本締め。「今年はありがとうございました。来年も頑張れますように」と、神社でお賽銭を投げて二礼二拍一礼。私が毎年十一月に酉の市で熊手を買うのは、初詣と同じ年中行事です。形骸化した信仰行事のナンバーワンは初詣だと思っていますが、私にとって酉の市は、あれと同じ。所狭しと境内に並べられた豪華な熊手に見とれ、りんご飴やジャガバターの露店を横目に人波に流されて、年の終わりを初めて意識する儀式。

目に見えないものが存在するか否かは、私にとって大きな問題ではありません。見えないものと接点を持った時、自分で考えて動く工程が「見えないもの」との間に存在するか否かが、私はとても気になる。自分で考えるのは非常に面倒だから、私は無意識にそれを放棄してしまうことが、たまーにあります。だから、それを助長するものには、近づきたくないのです。

不安な時、なにかに頼りたくなる気持ちがある。感情が理性をブッ飛ばす時もある。誰かに決めて貰いたい時もある。でもやっぱり、自分で考えて自分で決めないと、私はあとからどんどんみじめな気持ちになってしまうのです。

効果のほどがわからない健康食品やエステや化粧品を、エンターテイメントとして楽しむのは嫌いじゃありません。娯楽の一環として、前世を聞きに行くのも楽しいだろう。エンタメだとわかってあそこに突っ込んでいくのは、それなりに愉快です。仕組みをわかっていれば、背中を押してくれることもある。でも、主客が逆転してしまったら、人生の舵を手放しかねない。だから、スピリチュアルとは距離を置いていきたいのであります。だってスピリチュアル優秀だから。弱っていたら、私なんか簡単に足を捕《と》られてしまいますのよ。

あ、スピリチュアルはスゴイんだぜ。人から頼りにされたい人には、払えるっちゃ払える金額で、短期間のレッスンで素人にヒーラーのディプロマを授けたりもするのだから。施しを受ける側からも授ける側からも、きっちり集金するスピリチュアルシステム。

自分でも気を付けますけれども、私が壺を売りだしたら、止めるのはこれを読んでいるみなさんの役目です。頼りにしておりますので、その時はよろしくお願いしますね。

桃おじさんとウェブマーケティング

ウェブマーケティングの勉強をちょっとだけしています。ちょっとね。そうするとCPA（Cost Per Acquisition／利益につながる成果を獲得するのにかかる費用）だ、サイトの直帰率だインプレッションだなんだと、難しい言葉が出てきて脳が死ぬ。

ウェブに限らず、マーケティング用語に出会うとだいたいいつも脳が死ぬ。だって、ワザとわかりづらくしてるとしか思えない言葉ばかりなんだもの。英語の頭文字をとっただけの用語と難解な解説だけでは、リアリティのある身近なやりとりにイメージが転換できないのです。マーケティング用語に出会う度に、私は桃おじさんのことを思い出します。

あれは去年の夏じゃった。桃おじさんは軽トラにたくさんの桃を載せて私の街にやってきました。桃おじさんは歯がないので口がくしゃくしゃです。競りの人がかぶるような帽子をかぶり、農作業でくたったような服を着て軽トラの前に立ち、よく陽に焼けたゴツゴツの手で忙しそうに桃を出したりしまったりしていました。無農薬でりんごを作っている人みたいな風貌をイメージしてください。それが桃おじさんです。

さて、この桃おじさん、駅前に行くと、毎日同じ時間、同じ場所に軽トラを停車している。駅の真ん前ではなく、駅から百メートルぐらい離れた見通しの良い曲がり角。時間は夕方から夜。そして裸電球で煌々と照らされた軽トラの荷台には、まるまると大きくピンクに色づいた美味しそうな桃が山積みになっている。

荷台の幌には、遠くから見てもすぐわかる黄色い紙に大きな赤い文字で「七個三〇〇円」と手書きのPOP。そのPOPにはちゃんと産地も書いてある。まずその値段にびっくりする。七個三〇〇円は、どう考えても安い。遠目で見る限り、桃は赤子の尻のようなみずみずしさを湛えていました。あの桃が？　本当に？　私は興味を抑えきれなくなり、軽トラを見かけて三日目あたりで桃おじさんに近寄っていきました。

私がそっと近づいて行くと、桃おじさんはにっこり笑って、まず、なにも言わずに目の前で桃を切って一切れ差しだしてきました。私は「ありがとう」と言って桃を口に入れます。甘い。すっと皮がむけてツルンと口に入ってきた桃は甘くみずみずしくそして口当たりはなめらか。適度にやわらかく、これは産地直送の桃だな～と思わせるようなそんな味。これが七個三〇〇円だったら文句なし。私は自分の財布に手をかけました。

さて、ここからがスゴイ。

「いま食べてもらった桃は、中の桃」おじさんはくしゃくしゃの笑顔でそう言って、右から二番目の籠を指します。荷台をよく見ると、桃は四つの籠に分けて入れられていました。

「桃は四種類あって、小、中、大、特大。あそこに書いてある（手書きPOPのこと）七個三〇〇円はこちらの桃」そう言っていちばん右の、スーパーではちょっと流通しづらい小ぶりのくすんだ桃を指します。

あーなるほど。七個三〇〇円の小桃はコピーで客寄せするための商品か。なーんだ。

桃おじさんは私の戸惑いを気にも留めず、小、中、大、特大の桃が入ったそれぞれの籠から桃の値段が書かれた名刺サイズのカードをトランプのように差しだして続けます。

「中の桃は八個で一〇〇〇円。大の桃は四個で一〇〇〇円。特大の桃は三個で一一〇〇円」

私は呆気に取られました。桃おじの説明をよく聞かないと、客は視覚的にすぐ商品の値段がわからないシステムになっている。桃おじはトランプマン並みの手さばきで、桃の入った四つの籠に、それぞれの値段が書かれたカードを配置しました。トランプ桃おじは続けます。「……でもお客さんにはサービスで、今日だけ中の桃は十個で一〇〇〇円。大の桃は六個で一〇〇〇円、特大の桃は五個で一〇〇〇円にしてあげる！」やっぱり出た！本日限りのワンタイムオファ――――！

これ、昔からよくある方法ですけれども、よく考えるとウェブのセールスマーケティングにそっくりなんです。桃おじとeコマースの販促を比較してみましょう。
一、毎日同じ時間、同じ場所に停車する軽トラ　↓追っかけてくるバナー広告
二、遠くから見てすぐわかる「七個三〇〇円」の手書きPOP　↓刺激的なコピーでフ

ロントエンド（購入ハードルの低いお試し商品）を宣伝

三、近寄っていくと、まず桃を一切れ差しだされ試食（この時点で私はもう見込み客）

↓バナーをクリックするとランディングページが出てきて無料オファーを提示

四、興味を持って近寄ると無料オファー、しかしそこにはランク違いで四種の桃が……。

しかも今日だけの特別プライス!!　↓好印象が持てる無料オファーを試すと、魅力的なバックエンド商品がドーンと出現！　しかも本日限りのワンタイムオファー（特別プライス）！

特に桃おじシステムは「七個三〇〇円？　ありえない！」とコピーに釣られて寄っていくと、無料で食べさせるのがそのひとつ上のランクの桃というのが秀逸。その桃が美味しかったから、私はそれより下のランクの桃を買う気が見事に失せた。eコマースでは小額のトライアル商品や無料資料請求を、集客のためのフロントエンド商品やファーストオファーとして提示する。桃おじのセールスは更に秀逸で、実際にその言葉（ハードルの低い金額）に寄せられてきた人に、無言且つ無料且つ無断で、そのワンランク上の商品を享受させてバックエンド（売り手の利益になる本商品）へアップセルを図るのです。

・フロントエンド商品の「七個三〇〇円」のバナーで集客

・フリーサンプルとしてフロントエンドよりワンランク上の美味な桃を一切れ無償提供
・興味を持った見込み客にバックエンド商品を「いまだけ◎個無料サービス」ですかさず提案
・しかも「本日限りのオファー」はすべて一〇〇〇円なので比較が簡単

セットプライスが一〇〇〇円なのは客にとって比較しやすいだけでなく、桃おじにとっても客単価が高く、お釣り用小銭の用意も少なくて良い価格設定だと思います。私はひとり暮らしなので十個（中の桃）はいらない。大の桃は先ほど試食した中の桃より美味しいはず。ちなみに、一個いくら？　と聞いたらば、かなり割高でした。

こうして桃おじの作戦に嵌《はま》り見事にカモとなった私は、結局六個で一〇〇〇円の大の桃を購入しました。たった三〇〇円使うつもりが、三倍以上の一〇〇〇円の出費！　すごく勉強になったので、最後に桃おじさんに「おじさん商売うまいね！」と声をかけました。おじさんはポカーンとしていた。脚本は、誰か別の人が書いているのかもしれないね。

しっかしクロージング（購入）までの桃おじさんの動線は、いつ思い出しても本当に鮮やかです。だって無料で試食した桃がどんなに美味しくても、選択肢が「いま食べた桃が十個で一〇〇〇円！」のひとつだけだったら、私は絶対に買わなかった。三人の子持ちの母親だったら、十個一〇〇〇円に興味を持った可能性はあります。

比較しやすい選択肢をいくつか用意し、「これより上ならもっと美味しいはず……」というこちらの欲も上手に見透かして、お客様それぞれのライフスタイルに合わせた商品を提示しやがった桃おじさん。ウェブマーケティングセミナーに何万も出したり、売れ筋マーケティング本を何冊も買ったりしてもぜんぜん商売がうまくいかない人が大量にいるのに、歯がないままそれをやってのけた桃おじさん。ああ、憧れのマーケッター、桃おじさん。『誰でもできる！　取りこぼしを極力減らすたったひとつの極秘クロージング方法！』っていうセミナーか、情報商材を売った方が儲かるかもしれないよ桃おじさん。

よく考えれば、この桃おじセールスがウェブマーケティングに似ているのではなく、桃おじセールスを対面ではなくとも実行できるようにした仕組みがウェブマーケですよね。ここ五年で出てきた画期的なマーケティング方法だと勘違いしていたけれど、桃おじのやり方を小難しい言葉でまとめたのがマーケティング用語。難しそうだから、お金を払って勉強しちゃう。用語を小難しくする時点から、セールスマーケティングは始まっているのでした。

この話を友達にしたところ「あ、あれ詐欺だよね。軽トラのやつ」だって。そうそう、桃おじが農家の人かどうかはわからないし、書いてあった産地も嘘かもしれない。詐欺と取る人も多かろう。でも私はいろいろ勉強になったし、桃は甘くて美味しかったな。

私は今年も、桃おじさんに会いたいです。

Ｎｉｓｓｅｎ愛してる

唐突ですが、これからＮｉｓｓｅｎからはビタ一文もらわずにＮｉｓｓｅｎを絶賛します。Ｎｉｓｓｅｎを絶賛。微妙に韻を踏んでいて気持ちがいい。

Ｎｉｓｓｅｎとは、言わずと知れた巨大通販サイトです。「言わずと知れた」と書きましたが、男性には馴染みが薄いかもしれません。商品単価約三〇〇〇円、一回の客単価約一万円、年間の売上高が一七〇〇億円ぐらいの通販会社です。

いまでは立派なＮｉｓｓｅｎジャンキーの私ですが、最初の通販購入はＮｉｓｓｅｎではなかったと記憶しています。きっかけは、確か靴だった。七〜八年ぐらい前でしょうか。私の足は二十五センチメートルと大きめでして、世の中の靴屋にはまだまだサイズがない。サイズがあったとしても、値段がやけに高いのです。履き潰す前提の日常靴に、大枚叩《はた》けるほどの余裕、私にはございません。困っていたところ、ネットの靴が安いよという話を聞いて、いろいろな通販サイトを見て何足か靴を買いました。送料無料金額まであと少しの時、靴下や肌着を追加で買うようになり、それをきっかけに、ここ数年はもっぱらフェリシモとＮｉｓｓｅｎで服を買っています。

女性向けファッション用品を扱う通販会社のフェリシモは、オリジナル商品を取り扱っています。目をつぶったままどの商品をクリックしても、ある程度おしゃれで可愛らしい服が手に入るセレクトショップのような通販サイトです。商品を企画するプランナーさんたちの、センスの良い暮らしぶりが、商品やサイトのデザインから伝わってきます。ブランドを作っている人とのコミットメントが気持ち良い、といったところでしょうか。セレクトショップと同じ感覚ですね。

Ｎｉｓｓｅｎはそんな生易しいものではありません。言うなれば、Ｎｉｓｓｅｎは逆セレクトショップ。ずらりと並んだ商品群は、私に何のライフスタイルも提案してきません。おい、これはどうして生産する気になったんだ？　と首をかしげざるを得ない服も多々ある。だいたい、女物の衣類だけで四千五百点！　その他に男物も、インテリアもある。点数だけを見ても、セレクト感覚はゼロです。点数もさることながら、ずらっと並んだカタログ商品に一貫性は皆無。買い付けてきた人間の顔なんか見えやしないから、作り手の誰ともコミットできない。Ｎｉｓｓｅｎはそんな大海です。ですから、購入者は腕の良い漁師にならねばなりません。

Ｎｉｓｓｅｎは、最先端のトレンドを売りにしているわけではありません。新品ばかりの蚤の市といった風情です。大量の商品を前に、スカートか、ワンピースか、はたまたトップスか、狙いを定め丁寧に浚《さら》っていくと、おおこれは！　と声をあげたくなる好みのアイテムが見つかります。まさに、蚤の市の掘りだし物。そして驚くほど安い。冬物でも、結構なワンピースが五〇〇〇円前後で買える。

「いまどきH&MやFOREVER 21でも、ワンピースは五〇〇〇円以内で買える！」とおっしゃる方もいるでしょう。その通りです。でもなんだか派手過ぎたり、縫製がイマイチだったり、店内に客が多過ぎたり、なにより店頭で自分より二十歳ぐらい若い、スカした態度の店員にサイズの確認をして貰うのがつらい時もある。

都市部だけかもしれませんが、流行のファストファッションショップで買った服で街を歩いていると、見ず知らずの人と服が被ることがあります。昨日も私が着ているのと同じZARAのコートを、まったく異なるスタイルで着た六十代のご婦人が前方から歩いてきました。すれ違う時の、あの気まずさったらありません。

しかし、Nissenで買った服が誰かと被ったことは、これまでの私のNissen人生で一度もない。大海原から私が私のために選んだ服が誰とも被らないのは、私にとっては大変喜ばしいことです。安かろう悪かろうかと言えば、そうとも限らない。先日はNissenで買った服でテレビに出ましたが、「素敵なワンピース着てたね！」と人から褒められました。そんな時には得意顔で「Nissenのワンピースよ！」と答えます。おべっかだろうがなんだろうが、かまいやしません。

ワンピースは褒められたけれど、私のファッションセンスはイマイチです。おしゃれな人ではありません。普通の人。私は普通のデカい人。そして、Ｎｉｓｓｅｎはデカい女にも優しいのです。なんてったって、10Ｌまでサイズがあるのですよ。10Ｌってなによ、と思うでしょう。ＬＬの八つ上のサイズだよ。38号だよ。選択の幅が大きいので、サイズの心配はほぼないと言えるでしょう。

私が子供の頃は、とにかく大きな可愛い服がまったくありませんでした。流行りの服は、上も下もぜんぶ小さくて、ほとんど着られませんでした。デカい女は裸で歩けとでもいうのか！　と叫びたくなるほどティーンの服がないので、仕方なくおばさんぽい服ばかり着ていました。当時は百五十七センチメートル、四十八キログラム、足は二十三・五センチメートルが最多の選択肢を持つ世の中。いまもそうでしょう。アメリカに行った時、服も靴もびっくりするほどサイズが豊富で、ああ、私はここでは生きていてもいいんだ！　と万歳したくなったのを覚えています。

Ｎｉｓｓｅｎは、とにかくラージな女（身長という意味でも体重という意味でも）に優しい。そして、どうやら小さい女にも優しいらしい。3号からあるんですって！　一般的なSサイズが7号ですから、そこから二つも下のサイズまであるわけです（一般的なアパレルで売っているサイズは、7号9号11号の三種）。「サイズが小さ過ぎたり大き過ぎたりしたら、デザイナーの意図しているラインが出ない……」そんな売り手本意な話は、ここでは置いておきましょう。Ｎｉｓｓｅｎでは百五十二センチメートル三十八キログラムも、百七十五センチメートル八十五キログラムも、同じデザインの服が着られるのです。

サイズが豊富なことは、女の服選びで重要なポイント。フィットする服や靴がない時に女が受ける精神的ダメージは、途方もないものです。服や靴に拒絶されると、人として規格外の烙印を押されたような気分になります。背の高い女はそれだけで丈がツンツルテンになったり、男性のお好きなぽっちゃり体型にしたって、百五十センチメートル台のぽっちゃりには入る服でも百七十センチメートル近いぽっちゃり女には入らなかったりする。体型のせいで、手頃な値段では服が手に入らなかった十代を過ごしたアラフォーは多いのではないかと思います。

Ｎｉｓｓｅｎのおかげかどうかはわからないけれど、ラージな女たちがプティな女と同じようにおしゃれを楽しんでいる姿を街で目にするのは、なかなか気持ちの良いものです。デブやチビに優しい市場万歳ですよ。マジョリティと体型が異なるから楽しめることが減ったり、疎外感を感じたり気が滅入ったりするなんて、ほんとはおかしいことだと思うんですよね。だいたい、なんで服に合わせて体を縮めたり膨らませたりしなきゃいけないんだよ。入るものがないからと洋服屋の前を足早に通り過ぎたり、試着室の外の店員に「入らなかった」以外の理由を伝えるために試着室の中で頭を悩ませたり、規格外の烙印を押された女はみじめな気持ちと背中合わせで服を探します。自分の体を後ろめたく感じる女を減らしただけで、Ｎｉｓｓｅｎの大胆なサイズ展開には大きな情緒的価値があるのです。

Ｎｉｓｓｅｎという大海原で買い物をする時に大事なのは、まず気になるカテゴリーでソートをかけ、気に入ったものは全部カート（買い物カゴ）にブッ込むことです。セールでの買い方に似ています。とにかくちょっとでも気に入ったらカートにブッ込む。

「これ最近流行ってるけど、私には若過ぎるかな？」

「普段着ない色だけど、これは着方によってはイケてるのでは？」

「これ、圧倒的にヘンな服だけど、どうしても着てみたい……」

そんな冒険心を満たすアイテムは、迷わずカートに入れます。それをあとからゆっくり選べば良い。

私は必ず、ワンピースから商品を見ます。ワンピースはいいですよね、一枚着ればそれで終わりだから。そのあとはボトムスを見ます。街のショップではボトムスのサイズが合わない場合が多いので。自分が四十代だからって気後れして、いきなりミセスファッションに行く必要もありません。ヤングファッションにも、大人が着られる服はたくさんあります。

ただ、セール前で冬物三〇〇〇円以下のものはピラピラしたものが多いから要注意。安かろう悪かろうではありませんが、値段よりちょっと良いぐらいのものなので、購入する商品は、一～二シーズン着られれば良しと考えてください。Ｎｉｓｓｅｎではベーシックなコートではなく、ちょっと着回しがきく、来年には興味がなくなりそうな服を探しましょう。通常のショッピングでは、最初に弾かれるか、罪悪感を持って購入される服のことです。

巨大通販サイトの衣類はどこもそうですが、商品はモデルが着用してポーズをとった写真だけではなく、後ろからの写真や細部の拡大写真まで見られるようになっています。Ｎｉｓｓｅｎでは、ものによっては裏地まで全身で見られる写真があります。

商品一覧ページに各商品のクイックビューがないのだけが残念ですが、個別ページにはＡｍａｚｏｎレビューよろしく、購入者のクチコミも入っているので、それを見ながら購入を検討するのも良いでしょう。クチコミを書いた人の体型も自己申告でついていますから、それらも参考になります。「生地が安っぽくて伸びそうだったので返品しました」「ネットで見ていたのと全然色が違うので返品しました」など、辛辣なコメントが多数ついているものもあります。Ｎｉｓｓｅｎに限らず、身銭を切った匿名者のコメントは、金をもらって絶賛している著名人のコメントより役に立ちますね。

不思議なことに、気に入ったものをどんどんカートにブッ込んでいくだけで、ある程度の物欲は満たされます。そこで「ご注文手続き」ボタンを押すのは素人。一旦満足したらお茶でも飲んで、一呼吸置いてからカートを見直します。すると、これはいらんじゃろ〜と自分でもびっくりするようなものがカートにいくつも入っている。己の審美眼のなさに啞然とします。でもいいんです。Ｎｉｓｓｅｎでの買い物は、一本釣りの大間のマグロではありません。トロール船での底引網漁ですから、気になったらとりあえず全部引き揚げれば良い。

今度は、大量の魚をブッ込んだ網からお宝を見つける作業に入ります。選んだ商品をひとつずつクリックして、小魚や食べられない深海魚などをカートから省いていきます。すると、カートにはだいたい三点ぐらいしか残りません。Ｎｉｓｓｅｎでは三九〇〇円以上が送料無料ですから、一点か二点買えば、送料無料になります。

気に入ったものを見つけるまでにはある程度の時間が必要ですが、サイト内のうろうろしやすさ、カートの使いやすさ、二回目からの買い物など、Ｎｉｓｓｅｎはその他の女性用衣料系サイトと比べてユーザビリティが非常に高い。

ウェブサイトのユーザビリティ研究の第一人者と言われるヤコブ・ニールセン工学博士は、サイトの使い方をすぐ理解できる「学習しやすさ」、一度使い方を覚えたら効率的に使える「効率性」、一度使ったらしばらく使用しなくても思い出せる「記憶しやすさ」、「エラーの起こりづらさ、もしくは回復しやすさ」、楽しく使える「主観的満足度」の五つが使いやすいサイトの肝だと定義しました。

詳しいトリセツより体感で捉えられるものを好むとされている女相手に、Ｎｉｓｓｅｎのサイトはこの五つをかなりハイスコアでクリアしていると思います。

ネット販売なんて、トップページやランディングページにどんだけ客を集めたって、一ページ移動するごとにじゃんじゃん客が逃げていくもの。ですからすべてのフェイズでどれだけ離脱者を減らせるかが勝敗をわけるのです。

商品を選ぶフェイズでは、選ぶことが楽しく、湧いてきた疑問が最小限の移動で解決するようにしなくてはならない。そのページだけで離脱しないよう、的確なサジェスチョンで、他のページにも誘導しなければならない。見込み客に「欲しいものがあるかもしれない」という期待を膨らませながら、想像以上のものを見つけさせてあげる必要すらあります。

これに必要なのは、斬新なコピーよりも綺麗なイメージ写真よりも、丁寧な商品解説とわかりやすいシステムの構築です。一ページの滞在時間が長く、訪問したページ総数が多ければそのサイトへの関心が高いということになりますが、Ｎｉｓｓｅｎは他の女性向け通販サイトに比べ、訪問ページ数と滞在時間が桁違いに多いのではないでしょうか。あくまで私の体感ですが。

一度購入を決めた人の気が変わらないように、スムーズに購入を完了させることも大切です。送料はかかるのか、いつ届くのか、どうやって支払うのか、当たり前の話ですが、意外とここがわかりづらくめんどくさいサイトもまだ多いです。そのあたりが洗練されているＡｍａｚｏｎでしかネットで物を買わない人には、想像もつかない話かもしれません。

試しにネットで服を買ったことは一度もなく、いまでも百貨店で服を買うという珍しい女友達にＮｉｓｓｅｎを勧めてみたら、あっさり自分の好みの服を見つけて、スムーズに購入していました。

私が驚いたのは、彼女が選んだ服が、日々くまなくＮｉｓｓｅｎを見ている私の記憶にまるでなかったことです。四千五百点もあると、そうそう同じものは目にしないもんだなと思いました。だから、街でも被らないのでしょうね。

こうやって自分好みのものが比較的安くあっさり買えて、数日後に届くという経験を一度したあとに、有用性の高いメルマガが届く。すると、二度目の訪問率も高くなる。そうやってハマっていったのが私です。

Ｎｉｓｓｅｎの魅力を箇条書きにするならば、

・一貫性のない雑多な商品群から、自分好みのものを掘る楽しさ
・今期だけの流行りものにも手が出せる手頃な価格帯
・着られるものが必ずある豊富なサイズ展開
・尋常でない種類数がハンデにならない、高いユーザビリティ

といったところでしょうか。

あ、大切なことを言い忘れていました。Ｎｉｓｓｅｎの素晴らしさは、そのブランド力

が、デザインではなく雑多性に宿っているところです。たとえば初めてのひとり暮らし。日用品をフランフランや無印良品で揃えたばかりに、自室がそれらのショップに憑依《ひょうい》されたことはないでしょうか？　私にはあります。初めて実家を出て住んだ家では、インテリアをすべて無印良品で揃えたばかりに、危うくケルト音楽の幻聴が聞こえそうだった。デザインのトーン&マナーに一貫性が出れば出るほど、ユニクロが「手軽に手に入る身近なファッションブランド」という枠を超え、着用者がブランドの広告塔に見えたことはないでしょうか？　私にはあります。これからも、ユニクロ喜んで買って自ら広告塔になっちゃうけど。でもちょっと、息が詰まる。

商品をチラ見しただけでブランドがわかるのは、一瞬でコーポレートアイデンティティが伝わるのと同義です。しかし、一見して伝わる力が強ければ強いほど、ブランドから購入者へのアイデンティティの支配が生まれると思います。

コーポレートアイデンティティがデザインを通して前に出過ぎると、それを選んだのは確かに自分だったはずなのに、なぜかパワーバランスが逆になって、コーポレートアイデンティティの中に自分が埋め込まれたような気分になる。企業のアイデンティティに賛同した証として購入したはずが、企業のアイデンティティに自分の生活が浸食されたような気になってしまうのです。コモディティ（日用品）には見えないコモディティ、ぐらいのブランドで、こういった現象がよく起こるように感じます。

我が軍Ｎｉｓｓｅｎにはその心配がまるでありません。だって商品の一貫性がゼロだから。どんなにＮｉｓｓｅｎの服が増えても、Ｎｉｓｓｅｎの中に自己が埋没していくことはありません。だって、箱から出したらどこの商品かまったくわからないんですよ。Ｎｉｓｓｅｎは、箱から出したらどこで買ったかわからないという意味において、Ａｍａｚｏｎ的なのかもしれません。でも、あれだけ買っててもＮｉｓｓｅｎの段ボールの柄がすぐには思い出せないから、Ｎｉｓｓｅｎの方が優秀かも。Ｎｉｓｓｅｎは、名物社長のメディア露出も、デザインによる視覚的なブランド訴求もせずに私のロイヤリティを育てました。だからＮｉｓｓｅｎ尊敬する。あ、一〇〇〇円オフチケットのお知らせが来たので、ちょっとＮｉｓｓｅｎで買い物してきますね。

ノーモア脳内リベンジ！

松任谷由実さん珠玉の名曲のひとつに「Destiny」があります。主人公は、新しい女ができた（らしい）男に、冷たく別れを告げられた女性。傷ついた彼女は男の車を見送りながら、いつか彼を見返そう……とリベンジを心に誓います。

彼女はそれから、誰にも心を許せない日々を送ります。どこでばったりこの元彼と出会ってもいいように、常に着飾って暮らしていました。しかし、ばったり会った時に限って、彼女は安いサンダルを履いていた……。思い通りにリベンジが執り行われず落胆しながら、未練タラタラな自分だけが、「また会う日が生き甲斐なんだ」と悟る。

一番では彼女が振られるシーン、二番では元彼とばったり出会ってしまうシーン、そしてサビでは彼女が自分の運命を悟る切ない心情が歌われています。自己陶酔気味の過剰な情景描写も心理描写もなく、だからこそ身につまされる。

「どこに行くにも着飾っていた」彼女の心意気と努力の日々は、歌詞でほとんど触れられていないにもかかわらず、我がことのように鮮明にイメージできます。ばったり彼に出会っても、すぐさま「あなたを失っても、私の毎日は充実しているわ！」と無言で伝えられるよう、彼女はかなり努力をしていたはずです。

彼女の努力の原動力は、新しい女と幸せそうにやっている元彼の姿。これを脳内で詳細にイメージすれば、リベンジパワーが湧いてくる。負のパワーを、再び立ち上がるためのテコの力として利用するのです。また、彼が新しい彼女とうまくいっていない場合も詳細に妄想し、「さみしい夜に私を思い出しているだろうけど、私はもうあなたのもとには戻らないのよ！」と高らかに自分に宣言して挫けそうな心を鼓舞していたはずです。

そうやって、もう会えなくなった相手に脳内でリベンジを繰り返す。ダイエットをしたりエステに行ったりでリベンジを行動化し、からくも自分の命を明日につなげていたでしょう。フラれたことのある女性なら、誰もが経験するフェイズだと思います。

「Destiny」が示唆する女の脳内リベンジは、健全な脳内ストーキングです。失恋の傷が癒えるまで、未練タラタラの自分をなだめすかす作業とも言えるでしょう。脳内ストーキングの燃料は、妄想。いままでの記憶、相手の性格、共通の友人から遠慮がちに入ってくる別れたあとの元彼情報を組み合わせ、自分で勝手なストーリーを組み立てます。

彼についての新しい情報が毎日入ってくることはありませんから、勝手なストーリーは自分の想像で補強していかないと、己を鼓舞できるほど確固としたものにはなりません。そうやって作り上げた勝手な妄想に、ひとりで泣いたり笑ったり。妄想のマッチポンプで、感情のアップダウンを創造します。もうなにも手元には残っていないから、自分でドラマを仕立てていくのです。

リベンジを誓った女は、想像しうる最悪の事態と最高の事態を繰り返しイメトレします。もうなにが起こっても自分は絶対に大丈夫だと、自分を説得するために。そしてこの歌の主人公のように、ある日ばったりリベンジ対象者に遭遇。予想に反した現実を目の当たりにし、妄想と現実の間にははなはだしい乖離《かいり》があると心底がっかりすることになる。彼女は悟ります。最悪の事態なんて、それが自分の想像の範囲である限り、どう頑張っても自分に都合の良いものでしかないのだと。

現実の厳しさに何度か直面すれば、「こんなことをしても何の意味もないのだ！」と自分に呆れる日がやがて来る。そうすればしめたものです。彼女は健やかな日常を取り戻せるでしょう。現実との乖離を認知することは、心を前に進ませるのに役立ちます。

が、しかし。最近の私たちの日常には、ＳＮＳが欠かせないものとなってしまいました。特に問題なのはＦａｃｅｂｏｏｋです。それまで一部の日本人に親しまれていたＳＮＳのｍｉｘｉとは異なり、インターネットにそれほど馴染んでいなかった人まで、猫も杓子も登録したＦａｃｅｂｏｏｋ。まるで自分の周りに衛星を飛ばしているかのように、日常のあれやこれやを友人に向けて発信するのが当たり前になりました。

Ｆａｃｅｂｏｏｋは実名登録がマナーです。自分の所属している会社や、出身校も正直に登録するのが常識です。登録しないままでいると、ザッカーバーグの開発したシステムが、何度も何度もプロフィールを充実させるようにせっついてくる。市井の民は、このせっつきに根負けしてしまいます。それが大きな罠だとも知らずに……。

個人情報を登録した途端、Ｆａｃｅｂｏｏｋは「この人は友達ではありませんか？」と怒濤の攻撃をしかけてきます。これが非常に正確で、思い出したくもない人の顔が突然画面に出てきて肝を冷やすことになる。これこそが、失恋の「冷たくされて、いつかは見返すつもりだった」脳内リベンジの大きな障壁となるのです。

先述の「Destiny」の主人公（仮にA子さんとします）が、もし現代に生きていたら……と仮定してみましょう。恋人と別れた彼女はまず、Ｆａｃｅｂｏｏｋの交際ステイタスをシングルに戻します。それまでは彼がいて浮かれていましたから、交際ステイタスは「○○（元彼）と交際中」になっていました。もう男なんてコリゴリと思った彼女は、交際ステイタスをシングルに戻したあと、そのステイタスを非公開にするでしょう。しかし、Ｆａｃｅｂｏｏｋは律儀なＳＮＳですから、「A子さんが交際ステイタスをシングルに変更しました」と百名以上いるお友達全員（それが十年会っていない高校の同級生でも！）に伝えます。地獄です。

A子さんが元彼をブロックしても、元彼がページを一般公開にしていたら、ログインしなければ元彼のページは見放題。失恋したばかりの女に、元彼のページを見ないなんていう自制心は働きません。ブロックすら、できるかどうか微妙です。

もう会えなくなってしまった元彼は、確かにインターネットの中で生きている。新しい女との幸せなシーンを自分勝手に妄想するのと、実際に新しい彼女とBBQで仲良く肉をほおばる元彼の写真を目にするのでは、ダメージに天と地ほどの差があります。前者は自己都合の空想ですが、後者は妄想を挟む余地のない現実です。

元彼の横で優しく微笑む女性にタグなど付いていていたら、さぁ大変。クリックひとつで、新しい彼女の個人情報がたくさん載ったページに飛んでしまいます。A子さんは「やめておけばいいのに……」と自分の愚かさに落胆しながら、繰り返し繰り返し、元彼とその新しい彼女のページを見るでしょう。

Facebookはmixiと違って足あと（ページを訪れた履歴）が付かないので、一日に何度も見に行っても、相手にそれがバレません。元彼ページの「写真」をクリックすれば、以前は自分がいた元彼の友達の集まりに、新しい彼女が笑顔で参加している。考えただけで、寒気がしますね。

元彼と新しい彼女がうまくいけばいくほど、「元彼の友達」と「新しい彼女」がFacebook上でつながっていきます。ということはつまり、「新しい彼女」と「元彼女である自分」に共通の友達がどんどん増えていく……。そしてある日、とうとう自分のウォールに「友達では？」と新しい彼女の顔が出てくることになるのです。

「そんな女、友達じゃないよ！」とワンワン泣いたあと、A子さんも負けじと自分の似非《えせ》充実ライフをFacebookにポストします。しかし、それが元彼の目に留まるかどうかはわかりません。それでも、A子さんは充実した日々を過ごしているフリをやめられないでしょう。たまに、「前はよくふたりで来たなぁ」なんていう未練たっぷりな文章を、遠目から撮ったカフェの写真と一緒に投稿してしまう。共通の友達はそれを見てアイタタタタタ……と心配し、誰も「いいね!」を押してくれないので、A子さんは二度落ち込むハメになります。

SNS浸透以前の脳内リベンジでは、火種は元彼のささいな進捗情報。それを自分の妄想を燃料にして燃やしていました。ささいな現実(進捗情報)をA子さんの妄想で肉付けしていくので、妄想と現実(元彼の本当の生活)はどんどん乖離します。そうなれば、いつか現実と妄想の答え合わせをする日が来た時に、A子さんは必ず現実に切りつけられ、鮮血を流してブッ倒れます。大量出血はするものの、傷跡はスパッと切れの良いものなので、時間が必ず傷を癒やしてくれるでしょう。脳内リベンジには、都合の良い妄想で己を鼓舞する作用と、現実と妄想の乖離による過去への決別の二つの作用があります。勝手な妄想は、必要な通過儀礼なのです。この大事なフェイズが、SNS浸透以降では省かれてしまう。

SNS浸透以降に別れた場合、A子さんの妄想は週に何日かFacebook上で進捗する、元彼の現実に細かく軌道修正されます。妄想と現実の間に大きな乖離が生まれる日は一向に訪れず、A子さんが激しく打ちのめされるチャンスもなくなります。こっそり覗き見をしている元彼のFacebookページから、致命傷にならない程度の傷を延々とつけられるだけ。それは出血を伴わない代わりに、ジクジクと熱を持った膿をA子さんの胸の中に作るでしょう。

ただただねっとりと、ふたりの動向をスマホの画面上で見続けるA子さん。いつまで経っても、エステやダイエットやオシャレを頑張るなどの行動に自分を促せません。せいぜい、似非充実ライフの演出に磨きがかかる程度です。脳内でリベンジができないまま進捗情報を受信すると、このように未練の止め時がわからなくなってしまう。これでは、ただのネットストーキングではないですか。妄想を挟む余地のないまま、過去を切り離せずひとり停滞するA子さん。昔の男を監視する彼女の毎日には、新しい出会いが入り込む隙もありません。これ以上、悲しいDESTINYはないでしょう。

ザッカーバーグは、本当に余計なものを作りました。

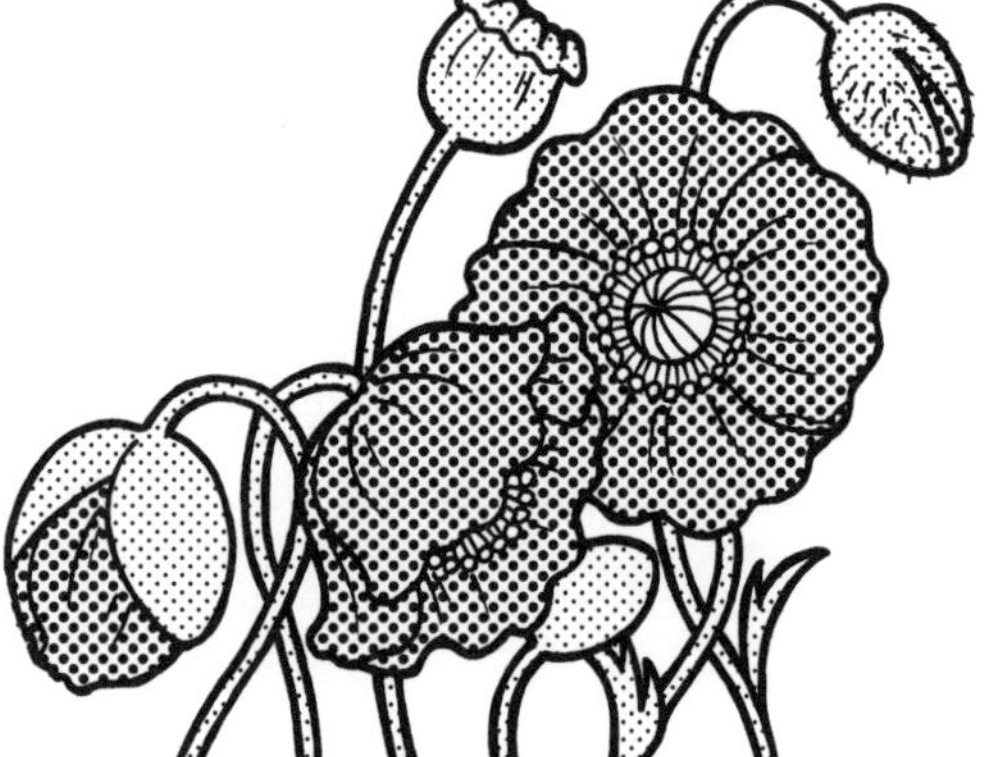

東京生まれ東京育ちが地方出身者から授かる恩恵と浴びる毒

七月に私のお盆が終わってしばらくすると、八月には奴らのお盆がやってきます。この時期、奴らは帰省をする。すると、私の故郷《ふるさと》東京に束の間の静寂が訪れます。

私は東京生まれ東京育ちです。父方は四代前まで東京です。四代前は江戸です。「本郷もかねやすまでは江戸のうち」と川柳にも詠まれた本郷で幼少期を過ごしましたので、私もぎりぎり江戸っ子です。そのあとは小石川で育ちました。文京区万歳！

親を選べないように、生まれる場所も選べない。私も、私の子供時代の友達も、みな気が付いたら東京に生まれておりました。私は両親も東京出身なので、盆には帰省する場所がありません。子供時代は、これがまったく理解できませんでした。なぜ、うちの家族は夏や正月に決められた行くべき場所がないのか。お盆になると友人たちはおじいちゃんやおばあちゃんの家に行って、海に入ったり山に登ったり、それはそれは楽しそうでした。

一方、うちのおじいちゃんは隣の駅に住んでいましたので、なんのスペシャル感もありません。だから夏は近所のプールに行くか、豊島園のプールで芋洗いになるか、母の姉が嫁いだ山梨にお邪魔したりするしかありませんでした。

東京に生まれ東京に育ち、悪そうな人とはまったく縁のない人生を送ってきました。幼稚園時代は窓を開けると後楽園球場から聞こえてくる巨人戦の歓声。小学校では「8時だョ！全員集合」の観覧に当たった子が羨望の的。中学時代には近所で行われているドラマの撮影を横目に登校し、休日は原宿に遊びに行きました。

高校に入れば雑誌に載っているかっこいい男の子が、友達の友達ぐらいだったりする。雑誌やテレビで紹介される流行りのあれこれは、実際に自分の周りで起こっているあれこれと同じでした。十八歳まではそれが普通だと思っていた。この時は、自分が巨大なテーマパークに産み落とされ、遊ばされていただけとは知る由《よし》もなかったのです。

改めて言うまでもなく、いまの東京は東京の外から来た人が作った街です。それに気付いたのは、大学生になってからでしょうか。四月、上京したてのもさもさした少女は母親ゆずりのアクセサリーで派手に着飾り、東京人ではないと自ら喧伝《けんでん》します。彼女たちは雑誌やテレビを見て「いつか私も東京に！」と多少なりとも思っていたわけで、それはまるで炎天下に鎖でつながれていた犬が、ついに鎖をひきちぎって水の入ったボウルに頭から突っ込むような勢いでした。と言うか私にはそういう風に見えていた。一方、私たち東京育ちは、生まれた時から東京にふわふわ浮いているだけですから、東京に対する憧憬や焦りのパワーがまったく溜まっていません。

私たちがぼんやりしている間に、もっさい少女は何度もトライアル&エラーを繰り返し、夏が終わる頃にはシュッとした流行最先端の女に姿を変えます。そうなると、東京で生まれ育った十八年のアドバンテージなど屁のようなもので、あっという間にＴＯＫＹＯ ＴＲＥＮＤは地方出身者に乗っ取られ、彼女たちは地方在住者が憧れる東京のスタンダードになります。

東京人ではない人が東京を作り、そこで生まれた光はガーッと地方を照らし、誘蛾灯のように地方からまた人を集めてくる。東京人不在の東京狂想曲の始まりです。

社会人になると、東京人の疎外感はより強くなります。なにかやってやるぜ！　と息巻いて外から来た人たちが、どんどん東京を変えていく。私たち東京人の想い出の景色が、地方出身者が地元で夢見て描いた東京イメージにどんどん上書きされます。再開発という名の下にビルを建てたり壊したり。景色と流行りは猛スピードで塗り替えられ、子供の頃と変わらぬ風景なんて下手したらひとつもない。

東京の人間は東京ではマイノリティですから、なにもできずにそれをボーッと見ているだけ。身近に東京があったからこそ、既存の流行を奪取し、塗り替え、牽引《けんいん》するようなパワーは持ち合わせていない。これがもっさい東京人の哀しみです。

東京はまるでプロレスのリングのよう。たまたまリングの上に生まれ育った東京人が茶の間でボーッとお茶を飲んでいると、突然ドスーン！　とすごい音がして床が揺れる。なにかと思って振り返れば、恥ずかしくなるような派手なマスクをかぶった地方レスラーがリングに上がってきて、大技を極め派手なポーズをとっている。リングの外からウォ――――！　と歓声があがり、似たような地方レスラーがどんどんリングに上がって新たな大技を極める。私たちは茶の間で寛《くつろ》ぎたいのに、大技の振動で一向に落ち着けません。

しかも、東京というリングの上で敗れたレスラーは、「ここは冷たい街……」と恨みごとを吐いてリングをあとにする。こちらとしては、勝手に上がり込んできた人に茶の間をディスられ大変気分が悪いので「あなたに冷たくしたのは、たぶん東京生まれ東京育ちの人じゃないよ！」と、恨みごとのひとつでもぶつけてやりたくなります。

次から次へと東京というリングに上がってくるレスラーは煩いものですが、趣向を凝らしたマスクにはハッとするほど素敵なデザインもあり、なによりリングの上で戦うのは楽しそうに見える。実のところそれはちょっと羨ましくもあるのですが、派手なマスク姿を幼馴染に見られでもしたら恥ずかしいので、私たち東京出身者は、このリング上で覆面レスラーになりづらい。東京生まれ東京育ちにとって、ここはリングではなく地続きの人間関係がある茶の間ですから、かぶりつきで伝説の試合を見るのがせいぜい。その場に立ち会っていたことを、のちのち人に羨ましがられたらラッキーです。

地方出身の友達が「東京はみんなのもの」と言ったことがあります。これには大変驚きました。「いろいろしがらみはあるけど、やっぱり落ち着ける地元」を残したまま、東京でやりたい放題やってる癖に、なにを自分勝手なことを言っているのか。

東京在住の地方出身者は、自分の地元を思い浮かべて頂きたい。遠くから大量に、とめどなく人が押し寄せてきて景色を変え、常識を変え、「だって、ここはみんなのものでしょ」と言ったらどんな気分になるか……。中央区勝鬨橋の向こう側まで開発された時のあの喪失感！　もうここまで奴らのバビロンに……と、私は膝から崩れ落ちました。東京に生まれ育つ者は、既得権益に恵まれるか、自覚的に強者にならない限り、前向きな意欲に満ちた来訪者から悪意なくレイプされ続けるのです。

東京を目指す人たちが見ている東京は、東京じゃない人たちが作った東京。東京の人はと言えば、隣の家も裏の家も、相続税が払えずに土地を売る。住人を失った家の庭では、毎年綺麗な花を咲かせていた桜の木が切り倒される。あっという間に、一軒分だった土地に二軒の鉛筆みたいな家が建つ。大きなマンションが一棟建てば、知らない人が五百人いっぺんに越してくる。

不安定な東京人の心模様を盾に被害者ぶってばかりでも格好悪いので、今度はちょっと視点を変えてみます。たとえば、東京人のマリー・アントワネット具合が癪に障るという話。これはなんとなくわかる。社会人になって数年後、ちょっと年下のおしゃれな東京育ちのバンド車に同乗して横浜から東京に戻る車内のことです。「おい、ヒマだからシューワやろうぜ」とボーカルが言い、ベースやドラムがそれに賛同しました。そして彼らは窓の外を熱心に眺め始めました。

数分後、「あ！　見つけた！　あそこ！」とボーカルが指をさし示した先には青い瓦屋根と厚く塗った白い壁、黒い鉄柵のバルコニーが特徴的な昭和の高級マンション、秀和レジデンスがありました。

その多くが一九七〇年代に建てられた秀和レジデンスは、豊かな都会を象徴する東京の記号のひとつ。彼らは横浜から東京に戻ってくる高速の道で、到着地点につくまでに誰がいちばん多くの秀和レジデンスを見つけられるかを競っていました。これが「秋になると色づく栗の木を、誰よりも早く山の上から見つける」だとか「キューポラから上る煙が何本見つけられるか競う」だったら、叙景に優れたエピソードとして人の心を打ったかもしれない。それが秀和レジデンスになっただけで、四代目東京人の私でも、「そりゃあ都会的だなぁ〜」と、挑んでもいない勝負に負けた気分になる。もちろん、当の本人たちに悪意はさらさらありません。私だって、東京に生家があり長く暮らしているというだけで、なにかしらそうしたものは醸しているはずです。

私のように虚栄心の強い東京人にとってなにより大変なのは、外来種が作った東京トレンド的なものに追いつくことです。薄切りトリュフが大量にかかったフォアグラ（下品！）、ちょっと食べてみたい。新しくできたファッションビルの屋上庭園カフェ、この目で見てから貶《けな》したい。東京人の私は、外来種のトレンドを知った上でそれを却下して、チンケなアイデンティティを保っているところがある。蚊帳の外の「東京トレンド」にわざわざ首を突っ込んで、田舎臭さの片《へん》りんを見つけては得意気に指でつまみ、「ないわーwww」とわざわざ言いに行く心の狭さ！　まるで息子の嫁が作ったみそしるを、隠れて味見してディスる姑です。大事な息子を、ポッと出の嫁に取られたような気分ですから。

しかし、子供の頃に出かけた遊園地もおしゃれな街も、よく考えれば生粋の東京人が作ったものではありません。妬み半分に地方出身者の東京ものがたりを嗤ったところで、当の私がその洗礼を受けまくっている。私たちは東京出身じゃない人が作った巨大テーマパークで遊ばされていただけでした。遡れば、江戸だってそうだ。

「東京」は江戸時代からヨソモノに運営されているのだとしたら、四代住もうが十代続こうが、外から人が流入してくる特性を持つ時点で、変化に対し先住民は無力。無力どころか利便性もふくめ、相当な恩恵に与《あずか》っていることは明白です。それでもまだ、イキがってTOKYO LIFEをエンジョイしてる風の人を見ると「いいから中学の卒アル持ってこい」と心の中で毒づく私は、自分よりずっと積極的能動的に東京を楽しみ、東京を作れるパワーを持つ地方出身者に強いコンプレックスを感じているのでしょう。

燻《くすぶ》っていた私の考えが変わったのは、三十代前半にNYへ出張した時でした。それまでにもNY観光の経験はありましたが、仕事では初めて。たった一週間の滞在でしたが、マンハッタンのド真ん中にあるオフィスに通い、アメリカの雑誌やテレビでしか見たことのない著名人や荒っぽいニューヨーカー（という名の地方出身者。たぶん）と対峙したりしていると、いつしか「この摩天楼め！　かかってこい！　やってやる!!!」という気分になりました。

たった一週間の滞在なのに、タイムズスクエアでは観光客を邪魔そうにかき分けて歩き、この街に馬鹿にされちゃいけないという気分と、この街で（たった一週間の滞在なのに!!!）働いていることの誇らしさまで生まれてくる。それでいて自分の街ではないので、この街を大切にする気はまるで起こりません。飲み込まれる前にやり捨ててやれ！　そんな気負いに、肩がいかってくるのです。

なぜそこまで気負うか？　マンハッタンは東京より刺激的で、そして私はこの街の住人ではなかったから。私は東京よりパワーのあるこの都市に仕事をしに来て、ひどく緊張していました。けたたましい街中で感じた、静寂と孤独。街の中心に近づけば近づくほど、街がブワッと自分の周囲から離れていくような、不思議な感覚。浮かれているのを隠すのが精いっぱいで、悪目立ちしていないかと気が気じゃない。街と自分の間に膜があるような、この距離感は初めての経験でした。

最初からここの一員じゃないと、こんなにも胃にくるのか。これはアメリカの片田舎に留学した時にも、海外の都市に観光で訪れた時にも感じたことのない、高揚と緊張と孤独と静寂の混ざった、なんだかよくわからないものでした。とにかく、私がこの街の一員ではないことだけは確かでした。
NYで働く日本人の友人とアップタウンを歩いていた時、彼女は丸めた紙をポイと道に捨てました。日本ではそんなことをする人ではなかったので、私は驚きました。「え？道に捨てちゃうの？」私の問いに、彼女は無表情でこう答えました。「ここは私の街じゃないし、みんなそうしてるからいいのよ」そのポイ捨ては思い通りにいかない彼女のNY生活に対する仕返しにも見えました。真似して私もガムの紙を捨てました（ジュリアーニさん調子に乗ってすみません）。罪悪感なんてまるで生まれず、そんなことなんともないと思う自分が強くなった気すらしました。その時、一瞬だけ、私はTOKYOという故郷《ふるさと》を持つ地方出身者になりました。故郷との距離は、離れれば離れるほど今日を凌《しの》ぐための起爆剤になることを知りました。大好きと大嫌いの渦に巻かれ、私の心が不規則に奮い立たされました。

故郷があるから頑張れる。
頑張らなきゃ、あとがない。
くだらないしがらみはないから、この街では再起動し放題。
うまくいったら故郷に帰って自慢したい。
居場所はある？

下手を打ったら最悪故郷に戻ればいい。

本当に？

故郷には帰りたくない。

自由だけど孤独。圧倒的孤独。

でもここでなら、あそこではできないなにかができる気がする。

この街でうまくやれない私は最低で、でもこの街にいることは最高だ。

本当に？？？


たった一週間の出張で、私はここまで自家中毒気味になりました。

出張と居住では比べ物になりませんが、なんとなく「理解不能」だと思っていた人たちが立つ岸からの景色を、ＮＹで垣間見た感触はありました。東京を悪く言う東京在住者に「じゃあ帰れよ」と言うのが、コミュニケーションの質としては決して上等ではないこともわかりました。それを言っちゃあおしまいよということを言うと、そこで全部止まっちゃうからね。

地方出身者が移り住んだ「首都：東京」と私の「地元：東京」は、共依存のパラレルワールドです。本来ならそれぞれが独立するはずの世界が、同じ場所で同じ時間を共有する矛盾の上に成り立っている。地方在住者から見たら、東京は大事な人と金を吸い上げていく、巨大なブラックホールに見えるかもしれません。

東京もあと少し、昔のままの面影を残せるとありがたいですね。ほんの一部でいいから、そのまま残しておいてくれないかなぁ。景色から想起される過去の記憶がないのは、ちょっとさみしいんですよね。でももう「不可侵の故郷」なんて、日本中ほとんどどこにもないのかも。

お、そうこうしている間にUターンが始まったようです。上り車線の大渋滞の映像を見て、私はまだちょっと身構えてしまいます。誰かがどこかで溜め込んだパワーが、そこかしこで炸裂する私の地元。恩恵と毒を同時に浴びて、これからも私はウェップ！　となるのでしょう。

母を早くに亡くすということ

昨年は母の十七回忌がありました。○○回忌の○○は亡くなった年プラス一年を指すので、母が鬼籍に入ってから十六年が経ったということです。あっという間の十六年でした。「あっという間」という言葉を使うと怒る人間がひとりいて、それは私の父です。父にとっては、母が亡くなってからの年月があっという間に過ぎたことなど一度もなかったそうです。

父にとって、母のいない人生は長く苦しいもの……と書くと、おしどり夫婦の印象を与えるかもしれません。が、それは違います。私の父は、高度成長期に仕事をし過ぎて家庭をあまり顧みなかった、当時よくいたタイプの父親です。帰宅は毎日午前様、土日はゴルフ。家庭のことはすべて母に任せっきりのくせに、気に入らないことがあれば母の監督不足を怒るような勝手な父でした。

母が亡くなってから、父は夜に米を研ぐようになりました。翌朝、父の一日は仏壇のお供えとお水を替えることから始まります。何年経っても、変な調子でしかお経が読めない父。父は、死んだ母を甲斐甲斐しく世話しています。「母が生きてるうちになんかやってやればよかったのに……」と、私はそれを眺めます。好き勝手で気分屋の父なので、生前の母には「お願いだから、お父さんより先に死なないで」と頼んでいたのに、母は約束を守ってくれませんでした。

母が亡くなった日、私は二十四歳。母は六十四歳でした。母は誕生日の三日前に亡くなりました。六十五歳になると支払われる生命保険の金額もぐっと少なくなるので、最後まで誰にも迷惑をかけないで気を回して逝ったなぁと、我が母ながら感心したものです。

母は温かく、大きく、賢く、厳しく、ユーモアに溢れた人でした。ひとりっ子の私にさみしい思いをさせないよう、学校の同級生たちを募って年に二度バス旅行を企画してくれました。夏はサイクリング、冬はスキー。そうやって、子供のために全精力を注いでくれるような母でした。いまでも私の友人はみな、私の母はみんなのお母さんだったと言ってくれます。母の娘として生まれたことを、私はとても誇りに思っています。

さて、そんなできた母親と、好き勝手な父親の間に生まれた出来の悪い娘の三人家族が、十六年前の十月に一旦終了しました。母が亡くなって、父と私が残されました。母がもう長くはないだろうことは誰もがわかっていましたが、実際にいなくなってみると、それは想像をはるかに超えた異常事態でした。

波のように無限に押し寄せる喪失感はもちろん、父も私もまだ余命が残っていたので、母なしで生きていかなくてはなりません。それは、朝起きてご飯を食べて仕事をして寝る生活を、ただ繰り返せばよいというものではありませんでした。

母が生きていた頃、父と私は特に仲が良くも悪くもありませんでした。たまに軽口を叩き合う、友達のような親子でした。そう思っていました。しかし、母を亡くして初めて、父と私の間にはコミュニケーションの基盤がまったく築かれていないことに気付きました。日常のすべては、知らず知らずのうちに母を媒介にして進んでいたのです。母は緩衝材として、通訳として、私たち父娘の間を上手につないでいたのでした。

父とふたりの生活はぎこちなく始まりました。気恥ずかしく、面倒なことばかりでした。ひとつ屋根の下に暮らすと、明日の朝なにを食べるか、週末は家にいるのか外出するのかといったこまごましたことから、母の一周忌の法要はどうするかといった大きなことまで、会話を通して意思を疎通させる必要があります。しかし、朝ご飯の献立についての話がいつのまにか口喧嘩になり、一緒にテレビを見ながら父の放ったさりげない一言が私の神経を逆撫でする、そんな毎日が続きました。本当にこの人と血がつながっているの？　本当にこの人と二十四年間同じ家に住んで暮らしていたの？　疑わしくなることばかりでした。

ある時、父との外出中に、いつもの口論がいつも以上に激しくなりました。母が亡くなってちょうど一年経った頃と思います。父の言葉にひどく傷つき、号泣して興奮した私は、父が握っていた車のハンドルをグイと引っ張りました。車はギュインと反対車線にはみだしました。危うく大事故になるところでした。

理性を失ってこんなことをするなんて。私は自分自身に驚き、落胆しました。父も青ざめていました。父は私を愛しているし、私も父を大切に思っている。なのに、なにひとつうまくいかないのです。母の死を悼む間もなく、すべてがしっちゃかめっちゃかでした。緩衝材をなくした私たちは、ただただ尖ったところでお互いを傷つけるだけでした。

父も私もヘトヘトです。母がいた頃には、父との全面衝突などなかったのに。母が旅行で一週間家を空けた時も、ふたりで母の帰りを待ちわびながら、それなりに楽しい日々を過ごしていたのに。これが家族を失うということか。私はうなだれました。

それから父は私のいちばんの苦手になりました。必要以上の会話を避けるようになりました。なるべく顔を合わさないように、私は夜遅く帰宅するようになりました。父と一緒にいると、自分の心の狭さや意地の悪さが色濃く浮き上がってくる。それが心底嫌なので、お互いの顔を見ないようにするしかなかったのです。私は母を少し恨みました。どうして父より先に死んでしまったのかと。いがみ合いが悲しみに追い打ちをかけ、悔しくて仕方がありませんでした。世間で言うところの「たったひとりの肉親」を、私はまったく大切に思えない。父と私のふたりでは、どうしたって「家族」という歯車をうまく回せないのです。

ふと、子供の頃を思い出しました。私がまだ幼稚園生だった頃、母が一泊の検査入院をした夜のこと。父は夕飯に、チャーハンを作ってくれました。蒸し暑く薄暗い台所で、ランニング姿の父がぎこちなく作ってくれたチャーハン。中華鍋から雑に皿にひっくり返しただけの、油でベチャベチャのチャーハン。バツが悪そうに、それでいて少し自慢げに、私の前に皿を出す父。子供とふたりなんてなんでもないという顔をしながら、非常に居心地が悪そうだった父の顔。子供時代から母が亡くなるまでの記憶をどこまで辿っても、父と私がふたりだけでなにかを一緒にした記憶は、チャーハンの夜以外ほとんどありません。父と娘の間には、いつも母がいました。

そして、その母がいなくなった。前夜までパンパンに浮腫《むく》んでいた体からは一晩で水が抜け、翌日の朝陽に照らされた母の体は、ミイラのように縮んでいました。目は大きく落ちくぼみ、抉《えぐ》られたように頬のこけた母。死後硬直でカチカチの体を棺に納め、ゴーと大きな音をたてた焼却炉にその体は吸い込まれてしまった。私と父の大切な母は、ただの骨になってお墓の下にしまわれてしまった。

母を失くした私と父は、一瞬であのチャーハンの夜まで引き戻されました。とり残された父娘は母の不在という不安を抱え、一から関係を築かなくてはならないのです。

どんなに感傷的になっても朝はやってきて一週間はあっという間に過ぎていきます。一週間、一カ月、季節はどんどん変わっていきます。父と私は生きていかなくてはなりません。私たちはいつからか、相手の性格を理解し、上手に話をする努力をするようになりました。それについて話し合ったことはありませんが、地雷になるポイントをお互いが把握した実感がありました。父の間違いを直接的に指摘すれば激昂して話し合いにならないこと。父の言葉に言質《げんち》をとったつもりになったところで、その先の担保にはならないこと。私の物言いには棘があること。父の言葉が皮肉に聞こえても、ベースには心配と愛情があること。

ふたりが楽しく一緒にいられるのは、三時間まで。父は父である前に男であること。私は父が思う娘以上に、もう大人の女であること。私たちは少しずつ学んでいきました。お互いをなにも知らなかった父と娘は、知れば知るほど、とてもよく似ていました。母が早く亡くならなければ、知りえないことばかりでした。

父と私は、最小構成人数の家族を新しく作り直さなければならない。それにはとても時間がかかりました。一度うまくいったと思ったのに、またひどく関係が拗《こじ》れた時期は何度もあります。五年ほど前には、お互い刺し違えるかと思うような喧嘩が長引きましたし、「父親　法的に縁を切る」で検索したことも一度や二度ではありません（かなりの数の検索結果が出てきます！）。それでも、そのまま関係が壊れてしまうとは思わなくなりました。母の不在は、不安を伴わなくなったのです。

母は相変わらず私たちの真ん中にいます。口を開くことはもうないので、母は概念としての「母」になりました。母は、私と父だけを信徒にした小さな宗教のようなもの。根底に愛があろうとも、どうにもならないことがたくさんあると、私は父とふたりの生活で知りました。どうにもならなくなった時は、少し距離を置いて父も私も母を想います。母を想うことで、私たち信者は母教の戒律を思い出し、お互いのあらぶる心や怠慢を自分でいましめ、物事を進めていこうとまた前を向きます。

母がまだ生きていたら私の人生はどうなっていたでしょうか？　母から学べることはまだまだたくさんあったはずです。私が二十四歳という中途半端に子供な時期に亡くなってしまったので、母は絶対的な「母」としての顔しか見せてくれませんでした。彼女の「女」としての横顔もたくさん見たかったし、いろいろな話を、思いを聞かせて欲しかった。どう願っても叶わぬことがあると、母は死をもって教えてくれたのでしょうか。

最近では「母が重い」「実母との関係に息が詰まる」といった話題をよく聞きます。そういった事態に、私も陥ったかもしれません。その後の母との関係性が、どう変化したかは誰にもわかりません。

亡くなった母は、年月を経て神格化されました。それこそ直接対決という意味では、母と何度も対立を繰り返してきました。あまりに頭にきたので、母をしばらく「おばさん」と呼んでいた時期もあるぐらいです。ひどい娘です。しかし、母との悪い思い出は、母の死を境にどんどん風化していきました。そうやって母を信仰対象の「神」にしていくことは、父と私の生きる知恵のようなものです。

母が死んで十数年、父と私は離れて暮らしています。月に一度か二度は会って、母の墓参りや買い物に行きます。外食をしながら母の十七回忌をどうしようこうしようと話す時、父はもう、私にぞんざいな口を利かなくなりました。私も父を気遣うようになりました。幼少期にだってつないだ記憶のない手を（つないだことはあると思うのですが、三十年以上も前のことは忘れてしまうものです）七十六歳になった父とつないで、いまは駅の階段を一緒に下ります。父と私の手はとてもよく似ています。

いつか父も死んでしまうでしょう。その日は必ずやってくる。そう思うと少しメランコリックになって、一緒に住んだ方がいいのではないかという考えも頭をもたげてきます。しかし一緒に住んだら最後、また大喧嘩になることは必至です。私たちはいい加減でテキトーで皮肉屋で無責任。だからいまの距離で、たまの時間を大事にするのがいちばん良い。父が死んだらどういう手順でなにを進めればいいのかは、十六年前に母が教えてくれましたから、私はそこそこ上手にできるでしょう。

母を早くに亡くすということは、私にとって父との関係を再構築するということでした。そして、どうしても戻ってこない大切なものを失った時、人はどんな気持ちになるのかを知ることでした。一日でも長く生きて欲しいと思ったけれど、失ったら失ったで、学ぶことはたくさんありました。死んで良かったとは思いませんが、そんなに悪くもなかったなと思います。私は今年四十一歳です。母が私を産んだ年に、ようやく辿りつきました。

パパ、アイラブユー。

Ｆａｃｅｂｏｏｋは建前が重要なＳＮＳです。誰にも言えない本音は、Ｆａｃｅｂｏｏｋからは漏れてはきません。それを理解してもなお、ハイエンドなレストランでの食事、リゾート地での休日、海外出張先の写真、呼ばれていないホームパーティー、新しく買った素敵な椅子など、友人知人の生活を切り取った写真に、私の気持ちが掻き乱されることがあります。私より、彼らの方がずっと幸せに見えるのです。

つい数年前まで、友人知人たちがアップする数々の写真の中で、私の心を最もざわつかせるのは子供の写真でした。Ｆａｃｅｂｏｏｋの私のニュースフィードには、新生児から中学生ぐらいまでの子供の写真が、ほぼ毎日何枚もアップされます。そこには見知った顔の子供もいれば、一度も会ったことのない子供もいます。

当時、それらを見て心がざわついたり、時にはイライラしたりする自分に、私はゲンナリしていました。友人知人が慈しむ子供の写真にネガティブな感情を抱くなんて、どう考えても問題があるのは私の心です。私は未婚で子供がいないから、子供のいる家庭を羨んでいるのでしょうか？　しかし、毎日を比較的楽しく満ち足りて過ごしている自覚はあったので、そんな大雑把な理由でもないような気がしました。ではなぜ？

どうにも不愉快だったので、私はこの心のざわつきをつぶさに観察することにしました。

保育園の送り迎えの写真、お誕生日の写真、寝顔、行楽地での写真。

何度か一緒に遊んだことがある子供や、何年も成長を見守ってきた子供の写真に、私の心は乱れませんでした。私がイラッとするのは、会ったことのない女児が写っている写真に対してが、圧倒的に多かった。

私が人の子の写真をつぶさに観察していたと知ったら、友人知人はさぞ気味悪がるでしょう。一方、私は自分の心がざわつく写真に傾向があることを知って、不謹慎ながらもワクワクしてきました。なんとかして、このざわつきの正体を確かめたい。道徳的とは言えないネガティブな気持ちを排除するためというよりは、完全に自己探求として、私は自分の感情の動きをもっと観察することにしました。

次に、私は被写体の関係性に意識を向けました。Ｆａｃｅｂｏｏｋにポストされる子供の写真には愛情が溢れています。家族写真の場合は、家族の間で交換される家族愛、兄弟姉妹の場合は兄弟愛と、それを見守る撮影者から子への愛情。そしてそれをポストする投稿者から、被写体と撮影者に対する愛情。

兄弟姉妹や母親との写真に私の心は乱されず、子供がひとりで写っている写真を父親が投稿している場合か、子供が父親と一緒に写っている写真の投稿にばかり気を取られました。子供が女児な場合は、なおさらです。

Ｆａｃｅｂｏｏｋにポストされた子供の写真を見て、そこに写しだされている子供の姿ではなく、そこに醸された関係性に私の心はざわつく。もっと言えば、一定の関係性から生まれる愛情を写真に感じると、私の心は揺れました。

それはあまりにも突拍子なく湧き上がった感情。いまさら取り返しのつかない現実。私の心が乱れる写真には、すべて父親が介在したのです。私はもうここで観念しました。私は、この父親の愛情に嫉妬している。

数年前の話とは言え、いまだにこれはちょっとしたホラーだったなと思います。Ｆａｃｅｂｏｏｋの子供の写真を見て私の感情が揺らぐのは、私が結婚していないからとか、私に子供がいないからとか、そんな理由ではなかったのです。私の持っていない「婚姻関係」や「親子関係」を持つ同年代の友人知人に、嫉妬していたのではなかった。むしろ立ち位置は逆でした。私は、父親に世話をされている女児（つまり数十年前の私と同じ存在）に嫉妬していました。なぜなら、子供時代にそんな風に父親に可愛がられた覚えが、私にはなかったから。

我が家の父親は、典型的な昭和の自営業者でした。つまり、毎日の送り迎えをしたり、宿題を見たり、土日に母親抜きで公園に連れていったりはしない父親です。子育てに積極的に参画しないのが、私たちの時代では普通でしたから。

平日（土曜日までが平日でした！）は遅くまで働き、日曜日はゴルフに行くか居間でぐったり寝ているのが、私や私の周りの友達の父親でした。いま考えれば、父が外で一生懸命稼いだお金で私も母も十分な暮らしができたのですが、子供の私にはそこまで考えが及びません。父に遊んでもらえない分、専業主婦の母親が愛情をたっぷり注いでくれました。それが私の周りの「普通」だったので、当時は特になにも思わなかったのでしょう。

父親に愛情を注がれている他人の娘の写真は、「私もこうやって可愛がって欲しかった」と、私に埋めようのない欠損を認識させる。何度か遊んだことがある子供や、何年も成長を見守ってきた子供の写真に心が乱れないのは、子供たちを一個人として認識しているからでしょう。そこには自己を投影させる隙間がないのです。女児はできるだけ、一個人として認識されないアイコンでなければ嫉妬が成立しません。なぜ私はこの女児ではないのだろう？　と思うのですから。

恥を忍んで腹の底を浚ったものを正直にお伝えするならば、私は心がざわつく写真に関わっている父親たち、つまり積極的に育児に参加している男性に「子供の世話なんかしてないで働けよ」とすら思うこともありました。同じ男性が、酔っぱらって深夜まで飲み歩いている写真には、決してそんな感情は抱かないというのに。

これはマズいことになった！　私は焦りました。なぜって、私が中年にもなってまだ「幼少期に父親にも母親と同じようにかまって欲しかった」と思っているのだとしたら、現在育児に参画している男性は、それこそもろ手を挙げて私に賛同されるべきなのです。なのに、私はその人たちに「働けよ」と思ってしまう。自分がその機会に恵まれなかったという身勝手な理由で、彼らの積極的な育児参画を否定的に見ているのです。これは、見知らぬ女児に「私より良い思いをしてはいけない」と思っているのと同じ！　私は自分が恐ろしくなりました。

若い美人に嫉妬して「あのブドウは酸っぱいに違いない」と周囲に言いふらすのとはわけが違います。そんなのはただの見苦しい嫉妬ですが、男性が育児に積極的に参加しなければ、末長く一緒に働ける女の同僚や後輩が、いつまで経っても増えないではないか。これは、私にとって大損です。それ以上に、女性の経済的な自立を自分の生きる信条のひとつにしながら、個人的な嫉妬から男性の育児参加に否定的な感情を持つなんて、辻褄が合わないにもほどがあります。自分の感情にも社会のシステムにも矛盾はつきものですが、この矛盾はちょっとみっともない。これに気付けて、私は本当に良かったと思います。

心のざわつきの構造がわかったので、最後に嫉妬の処理方法を考えました。しかし、いまから三十年以上前に戻って父親に育児し直して貰うのは物理的に不可能です。年老いた父親をいまさら責め立てるのも不条理です。子供の頃の私と父親がふたりで写っている写真でも探そうかとも思いましたが、そんな儀式めいたことをしなくても、父親が私に愛情を持っていたことはわかっています。

なので、私はあきらめることにしました。

両親に悪意があってこうなったわけでもないので、まぁそれはそれで仕方がないと思うことにしたのです。感情や事態の構造を自分なりに把握すれば、私にとっては問題解決とほぼ同義。

やがて、心をざわつかせていた類の写真を見ても、私の気持ちは前ほど揺れなくなりました。自分の欠損と、友人の子供とは何の関係もないと腑に落ちたのでしょう。実は、それがなによりの解決だったと思います。自分勝手な思い込みの連鎖を断ち切れれば、心のざわつきの矛先を誰かに向けなくても事態は収拾する。これは、とても良い勉強になりました。

とあるゲームの攻略法

二十二歳から働き始めて、十八年が経ちました。オイ、もう十八年も働いているのかよ、という気分であります。たかが十八年、されど十八年働いて痛感したのは、仕事の世界では男がマジョリティだという現実。

仕事の世界どころか日本全体が、世界がと広がっていくイシューではありますが、そこまで話を大きくすると私の手には負えなくなる。

ですので、ここでは主に、私の働き方と意識がどう変わったか、個人的な話をしたいと思います。長いです、かなり。

仕事における「男社会」とはなんじゃろかと言えば、男性が女性より多く、意思決定をする要職に就いているのも、男性が圧倒的に多い仕事環境のこと。職種によりますが、男の方が働きやすいとされている社会です。

男社会で働くということは、男と一緒に働くということ。同じ人間同士のはずなのに、個体差では説明がつかぬほど異なる価値観を持つ異性と仕事を進めていくのは、なかなか骨の折れる作業です。それは男性も同じでしょう。「女と働くの、めんどくさ！」とね。私には、異性と働くことがひどいストレスになっていた時期がありました。いまだってそのストレスはなくなっていませんが、十八年働いて、多少見えてきたことがあります。それは、女の働きづらさと背中合わせになった、働く男の事情です。

まずは女の話から始めましょう。

二十代後半から三十代前半、女の人生の岐路はいくつにも分かれ始めます。独身の女、結婚している女。子供がいる人、いない人。働いていたり、いなかったり。これら二択の掛け合わせで、バリエーションは最少でも八通りあります。片や男は、結婚や子供を持つことを機に仕事を辞めたり、働く時間を減らしたりする人は少数派。と言うか、私の周囲ではほぼゼロ。男性は結婚や子供を持つことで、仕事のスタンスが変わりづらい性別。それが私の認識です。

多様な女の属性のうちで、私は男と同じ職種で働く、子供のいない未婚の女です。特にアラサーと呼ばれた時期、私には気力と体力が漲っていました。一生懸命働いたら、知恵と仕事のスキルと、自由になるお金が手に入りました。美味しいレストランに行ったり、海外へ旅行したり、知り合いの幅が広がったり、自己拡張の喜びを堪能する毎日でした。

いま思い返せばただの嫌なヤツですが、お金やスキルや知識を手に入れた結果、私の働き方はどんどん独善的、且つ高圧的になりました。当時の自覚はゼロです。ブンブン腕を振り回しながらブルドーザーに乗った女が、ノーヘルで前だけ見て突進してくる様子をイメージしてください。それが私でした。

バリバリと音がするように働いていた二十代後半、仕事の楽しさと正比例して私の中に湧いてきたエネルギーは「男連中ふざけんなよ」でした。気持ち良く協力して働ける男性陣がいる一方で、一部の働く男が憎くてたまらなくなってきた。

もっとこうすれば良くなる！　もっとああすれば結果が出る！　そう信じて疑わなかった私にとって、仕事の邪魔をする人や、非協力的な人は悪人でした。特に、一部の男連中とのソリの合わなさは、筆舌に尽くしがたいものでした。

当時、私が職場の男でつまずいていた問題は二つです。ひとつは「働く男の気持ちがよくわからない」で、もうひとつは、「私の言うことが男に伝わらない」でした。

働く男の気持ちの中でも、彼らの勤労意欲を読み取ることは、私にはとても難しかった。安請け合いを額面通りに受け取って肩透かしを食らったり、手柄だけ横取りし、嬉々としていた男上司に腹を立ててばかり。どうしてちゃんと働かないのだろう？　悪いのはあいつなのに、どうして責任を追及しないの？　私には、わからないことばかりでした。

働く男の気持ちがわからなかった半面、働く女たちの労働意欲は、ハッキリわかりやすいものでした。「私はここまでの仕事しかやりません」「私はもっと他の仕事もやりたい」など、彼女たちがどこまで仕事にコミットする意思があるかは、職種や態度や言葉から読み取れました。たとえ同じ職種に就いていたとしても「ここまでの仕事しかやりません」という態度を平然と表す女がおりましたが、その女たちには、腹を立てつつも頼りにしないという接し方がありました。

次に、私の言うことが伝わらない問題。これはいまだに直面することですが、働く女には伝わる意図が、一部の男には伝わらない場合があります。たとえば、内容や方法の変更を提案する場面にて。

私が男性に変更を提案する際、相手が女性の場合と同程度の気遣いで接すると、彼らの機嫌を損ねてしまうケースがあります。仕事のやり方、働き方自体を私に否定されたと思ってしまうのです。より良い結果を欲する私にとって、これは非常に厄介でした。

サラリーマン時代の私は、この手の問題につまずく度に声を荒らげ、美味しいものを食べたりマッサージに行ったりして英気を養い、翌朝は職場に戻ってまた戦闘態勢。頼りない男連中にイライラする時間がなくなれば、もっと楽しく生きられるのに……。そう思っていました。

二十代後半から数年ほどそんなことをしていたでしょうか。三十路に入った私に、ある優秀な女友達が言いました。

「ゲームを有利に進められるのは、ルールを熟知している人だ」

そうか、これはゲームなのか。私の目から鱗が落ちました。私はそれまで、自分が参加している「男社会で働く」というゲームのルールを、理解しようと努めた試しはありませんでした。一生懸命やっていれば、報われると思っていました。

多数派ゲーマーである働く男の特性や、彼らの好みのゲームの進め方、そのゲームにマイノリティとして参加し思うようにゲームを進める方法など、考えもしなかったのです。道理で私はいつまで経っても、お仕事ゲームを攻略できなかったわけですよ。

さて、先ほど「勤労意欲の有無は、女の方がわかりやすい」と大雑把なことを書きました。では、私がサラリーマン時代に「勤労意欲が低い」と感じていた職場の女たちは、その後どうなったでしょうか？

新卒で入った会社に七年勤めている間に、その女たちは次々に辞めていきました。結婚して専業主婦になったり、経営者としての事業継承ではなく家業を手伝ったり、キャリアを追求する転職とは異なる、自分のペースで働ける仕事に移っていきました。だいたい、三十代前半までに、みんな居なくなっていた。

彼女たちは、お仕事ゲームの第一線から身を引いたのです。キャリアとか、自分で稼ぐことに捉われない生き方を選んだのでしょう。私とは指向性が異なりますが、彼女たちをこちらの価値感で判断するのが下劣だということぐらい、私もわかっています。まぁ、気楽でいいなーと思ったりすることがないとは言えませんが。

一方、勤労意欲があるんだかないんだかわからなかった男たちで、その後ゲームから降りた人はほとんどいませんでした。辞めさせられもせず、彼らは同じ職場で働いていました。勤労意欲が低いまま、彼らが働き続けている理由はなにか？　ひとつは、食べていくためでしょう。しかし、それだけでしょうか？


フルタイムで働く女性が珍しくなくなったいまでも、「女は早く結婚して家庭に入り、専業主婦として子供を育てた方が幸せだ」という論調がしばしば耳に入ってきます。それが和歌で言う下の句だとしたら、上の句はなんでしょう？　私は「男は外で稼いで家族を養う」だと思います。

女にのしかかってくる下の句は、実は上の句とセットでなければ成立しない話です。女が結婚して家庭に入り続けるためには、男が外で稼いで家庭にお金を入れ続けることが大前提。つまり、外で稼いで家族を養う役割の人は、ずっと働き続けなくてはならない。

一昔前のこの論調は、いまを生きる私にものしかかってきます。やり甲斐のある仕事に就き、独身生活を十二分に楽しんでいるにもかかわらず、私が頭のどこかで「やっぱり結婚して子供を産み、子育てに専念した方が女として幸せに見えるのかな？」と思ってしまうのは、私自身がその古い論調に囚われているからです。

だとすれば、男の中にも「男なら働き続けて稼ぎ、自分以外の人間を養う」という上の句のプレッシャーを、ひしひしと感じている連中がいるやもしれず、「働いていないと男じゃない」と思っているのは、男だけじゃなく、私もかもしれない。結婚や出産を後回しにして働き続ける私たちが感じるプレッシャーは、働き続けることが当然とされている彼らが感じる「結婚こそが幸せ」というプレッシャーと対になっているのではないか？　そう感じるようになりました。

統計的には、男の方が働きやすい社会だとされていますし、男の方が平均賃金は高いと言われています。しかし、仕事の苦手な男が結婚して専業主夫になったり、継承を目的としない家業の手伝いに従事したりすることは、彼らにとって現実的でしょうか？　その選択は、女性より圧倒的に難しいと思います。

結婚や出産を機に仕事からリタイアする女性は、私の周りでも少なくありません。それを責める人も、あまり見かけません。つまり、女は「第一線で働く」お仕事ゲームの中断が社会的に容認されている。私はそう思いました。これは、女が結婚や出産を経て働き続けることの難しさと背中合わせ、という皮肉な話なのですが。

一度働きだしたら中座しづらいのが男の現実だとしたら、彼らのプレッシャーは相当です。働き続けることに、女としての自分の価値を見出す感覚は、私にはない。結果的に働き続けるとしても、「なにがあっても働き続けなければ、社会的に認められない」というプレッシャーを感じることもない。その圧を感じているか否かで、仕事に対する意識はかなり変わってくるでしょう。

ゲームから降りても失格と見なされない（他の道があるとされている）女と、ゲームから降りたらアウトと見なされる男。自己実現のひとつとして仕事に向き合う女と、とにかく働き続け、そこでボスになるというゴールを据《す》える男。働くことに対して背負っている感情は、男女で異なる。ゲームのルールを知るために男連中を観察したら、そんな発見がありました。

そうなると、多数派ゲーマー＝働く男たちの多くにとっては「仕事フィールドで充実したプレイを行い、打点を稼ぐ」よりも、「仕事フィールドに、ゲーマーとしてできるだけ長く居続ける」が重要になるでしょう。上司にボロクソに言われても反論しない男がいつも不思議でしたが、長居が重要ならそれもわかる。

会社員として働いていた時、上司に食ってかかる私は「こんな会社、いざとなったらいつでも辞めてやる！」という無駄な気概を持ち合わせていました。これは、会社を辞めても人生の致命傷になるとは思わなかったからこそできたことです。私は会社に長く居続けることよりも、充実したプレイを望んでいました。幸運にも自己実現の一環として働ける環境にいたということでもあります。

もちろん、悠長に構えていられない女もたくさんいるでしょう。世帯主として働き続ける女性や、家庭内季節労働者のように「この時期は働いて家計を助けて、来年は家族で介護が必要になるから家にいて」と環境に役割変更を強いられている女性もたくさんいる。働きたくても子供を預ける場所がなく、思うように働けない人もいる。男性にも、非正規雇用でひとりが食べていくのが精いっぱいの人もいる。ゲーマーの状況はさまざまです。それでも、お仕事ゲームから降りた時に社会から向けられる目は、男と女でかなり異なります。

悠長な働き方に話を戻すと、たとえば企業で働く三十五歳の独身者が、仕事とまったく関係なくスペインに語学留学する場合を考えてみましょう。退職届を出したあとに、「三十五歳から留学なんて、結婚はどうするの？」と親戚から尋ねられるのが女。「あいつ、仕事は大丈夫なのか？」と周囲に心配されるのが男。私はそうイメージしました。結婚や出産を経験しなければ不完全と見なされがちな女に対し、働き続けなければ不完全と見なされがちなのが男というわけです。仕事に関して言えば、働く女は腰かけなどと言われていた時代もありましたが、こっちから見たら働く男は座り込みといったところでしょうか。

三十代半ばに「仕事＝男の人生の価値だと男自身が思っている」と仮定してから、私は彼らとの接し方を少し変えました。ゲームの中座が社会的にヨシとされていないならば、のらりくらりと働く男がいても不思議ではない。

誰もが血気盛んに働きたいわけではありませんし、ゲームを降りたくても降りられないのであれば、その態度も許容はしがたいが理解はできる。

彼らが責任を追及し合わず、仲間意識を尊ぶのも合点がいきました。正しさを追求してお互い刺し違えるなんて、辞めないことを最優先にしたゲーマーにとっては最悪の選択でしょうから。

やがて、理解しがたい男ゲーマーに対する私の接し方は体系化されました。

いつまで経ってもやる気が見られない男ゲーマーには、失礼ながら「この人、余裕のある女だったら三年でゲーム降りてるタイプ……」と思うことにしました。彼らには、三年でゲームを降りて婿に行き専業主夫になるという選択も、企業に就職しても転勤のない一般職で補助的な仕事をするという選択も、最初からほとんどない。どんなに働くことが苦手でも、ゲームを降りようと思うことが人生の負けにつながるのですから、自主的に会社を辞めて、アルバイトで気ままに暮らす選択は難しいでしょう。自分の仕事能力に自信はないが働き続けなくてはいけない人ほど、会社を辞められないでしょうし。

そういうゲーマーには、彼らがやれる範囲のことをやれば満足することにしました。多くのことを約束させようにも「できない」「やりたくない」とハッキリ言ったらゲーム退場に一歩近づくわけですから、言うワケないですしね。だから、頼りにしない。

次に、他のゲーマーより優位に立ちたい欲だけが盛んな、動かない男ゲーマー。手柄を横取りし、頼もしい口約束だけが得意なタイプについて。

会社員時代は特に、この手のゲーマーと共同作業をしなくてはならない場面が多々ありました。彼らと仕事をする場合、私は舐められないように要所要所で男ゲーマーを詰めながらも、手柄はじゃんじゃん渡しました。

彼らは手柄を高く掲げ、「獲ったぞー！」とやるのが大好きです。私の目的は、欲しい結果を出すこと。手柄のアピールではありませんでした。手柄さえ渡せば、彼らは次からこちらの提案を抵抗なく採り入れました。

これは、私が会社での出世を考えていなかったからできたことです。私はこのゲームで、自分の武器をどれだけ増やせるかに執心していました。「あれも私がやった、これも私がやった」ではなく「あれもできる、これもできる」となって、プレイできるゲームのフィールドをどんどん広げたかったのです。

とは言え、自分の功績をまるで認められないと、働くモチベーションが下がります。私は手柄アピールマンが視野狭窄《きょうさく》に陥って直属の上司だけに焦点を合わせている間に、他部署とのコネクション作りに専心しました。特に、他部署の上長を頼りにするのはオススメです。自分がいまやっていることを話しながら、その上でどうしたら良い結果につながるかを、ガンガン聞きに行きました。

上長は上長同士つながっているので、直属の上司に手柄を過剰にアピールしなくとも、私の働きはそれとなく直属の上司の耳に入ります。縁の下の力持ちは誰か、周囲にじわじわと知らしめながら、私の知識も増えました。

組織で働いているならば、関わっている仕事が自分の部署内だけで完結する人は少ないと思います。他部署の理解と協力があった方が、結果はより良いものになる場合が多い。

私は三つの企業で働きましたが、頼りにされて嫌な顔をする他部署の人は、あまりいませんでした。実務を頼むのではありませんよ。お知恵を拝借するのです。こうして手に入れた情報が、転職先で役立つこともありました。この方法が私のお仕事ライフを豊かにしたのは、間違いありません。

手柄アピールマンでなくとも、こちらの提案や変更依頼に機嫌を損ねる男ゲーマーもいます。彼らが不機嫌になるのは、私が女だからだなぁ～と感じる時もありますし、年齢が下だからだな……と感じる時もある。

個体差はありますが、特に五十五歳以上の男ゲーマーは要注意です。彼らの仕事プライドは、彼らの人格と直結していると私は思っています。絶対に踏んではいけない地雷です。

ｏｖｅｒ五十五おじさんの中には、仕事でしか自分の価値を確認できない人も多い。だから、仕方がないとも思うのですよ。男女雇用機会均等法が施行される以前の「俺は働いて、家族食わせてナンボ」の世代だもの。年功序列世代だし。自分が食わせている嫁や娘と同じ性の人間が仕事フィールドで意見をしてきたら、そりゃ腹も立つでしょう。「自分以外の人間を、俺は食わせている」という自負もある。いや、正しいかどうかの話ではなくて、情緒としては理解できなくもない、という話。

そんな男ゲーマーには、まず敬意を払う。そしてこちらの不注意や不勉強を、大げさに表明します。すると「仕方がないな……」というテンションで、彼らはようやくこちらの意図を汲む。いちいち相手に花を持たせるのは気絶しそうになるほど面倒ですが、いまのところこれがいちばん確実です。主導権や決定権は既得権益だと思っている相手と、毎日の仕事でいちいち議論を交わしているヒマ、こちらにもありませんからね。あと、理想と現実がかけ離れていればいるほど、目前の問題にどう対処して落としどころを見つけていくかが重要です。彼らを全員吊るし上げ、無知と不条理を白日のもとに晒そうとすれば、間違いなくこちらの首が危うくなります。毅然とした態度とともに、譲歩の余地を匂わせたネゴシエーションが必要だと私は考えます。それも、女の武器と言われるものを使わずにね。

彼らから学ぶことも、実は多くあります。男社会でいちばん長くゲームをやっている人たちです。ルールについては彼らが熟知しています。ｏｖｅｒ五十五おじさんたちは、ルールブックとして、十分な価値がある。たとえ、そのルールを今後変えていこうとこちらが画策していたとしても。いまのゲームのやり方を知らなければ、将来それを変えるのは難しい。私はそう思うのですよ。

最も問題なのは、自分が良いゲーマーだと信じて疑わない、ゲーム音痴の男ゲーマー。彼らにはもう、近寄らないに越したことはない。困難を極める相互理解や、ミスのカバーに励むよりも、そのゲーマーを避ける座組みを作ることに、私は力を注ぎました。なにをやるかより、誰とやるかを重視する時期があっても良いと思います。私にとっては、仕事ってそれが八割だな。

お仕事ゲームのフィールドが企業の場合、女ゲーマーが出世を考えるのであれば、男の流儀を型として認識することは大切です。しかし、決してまるごと模倣してはならぬと、私は心底思います。男社会で男のように考え、男のように働く方法で男と肩を並べようとした女たちは、おしなべて満身創痍になってしまうからです。

男より男らしさを見せることで声を通すやり方を、一時は私も採っていました。しかし、これは精神的にも肉体的にもやられるので、オススメしません。だって私は男じゃないんだもん。

己の体力を無視して男より長時間働き、女を捨ててガハハと笑いながら男の政治に踏み込んでいっても、最終的に報われず悔しい思いをすることが多い。私はそう感じました。

残業も厭わず、休日返上でがむしゃらに働いてきた男優りな女ゲーマーはいま、「教わってないので、できません」「そこまでやりたくありません」とハッキリ言う若い部下に戸惑っているとも聞いています。上の世代はなかなか変わらないけれど、下の世代の事情はどんどん変容しているようです。

私の働き方について、信頼している女の先輩に話をしたところ、男と一緒に働くライフハックの必要性に賛同して貰えました。と同時に、ライフハックに頼らずとも、男女差のない評価がされることがいちばんだと忘れてはならないとも言われました。「ライフハックがあったとしても、女には期待値で仕事が降ってこないからね」とも。

これは、私も最初の職場で痛感しました。「あいつはまだまだだけど、期待を込めてこの仕事を任せる」というような話が、男に比べて女の私には降ってこないのです。いつか辞めると思われているからなのか、チームの一員として不要だからなのか、同じ職種に就いていても、女には大きな仕事を任せては貰えない場面があります。

任せて貰えないのは性差のせいではなく個体差の能力差だと、自分をどれだけ説得しても、やはり眼前には女のままでは渡れない川が横たわっている。本当に頭にくる話です。桃太郎が従えるのは、犬も猿も雉も、いつだって雄でした。戦闘能力未知数のまま仲間にして貰えることも、結果を出す前に仲間としてきび団子を与えられたことも、私には一度もありませんでした。


配偶者の有無や子供の有無で、女ゲーマーの働き方は千差万別。メンターになる人が、身近にいない場合も多い。お仕事ゲームの多数派は、どうしたってしばらくは男でしょう。事態が即時に是正されるとは到底思えません。女ゲーマーは、どうしたら良いのでしょうか?

男社会のルールが心底嫌な場合は、客も売り手もオーナーも、女ばかりの仕事に従事するという手があります。私はいろいろな仕事をしていますが、そのうちのひとつがコレです。男の機嫌を損ねないように、気を回す必要がないのは楽チンです。

インカムソースを複数持つとバタバタするけれど、結果的に「これを辞めたら収入ゼロ」と自分を追い込まないで済むようにもなりました。資格を取って待遇に性差の少ない職に転職し、不満を減少させせた女友達もいます。

「そんなに頑張れない！」という働く女には、そんなに頑張らなくてもいいんだよ、と既に誰かが言ってくれていると思うので、そちらの意見を参考にしてください。頑張れない自分を責める必要など、まるでありません。私の考えがナショナルスタンダードでもありません。

私がここで伴走したいのは、頑張っているし、まだまだ頑張りたいけれど、どうにも息詰まりそうな予感がしてならない女たち。経験から私が言えるのは、多数派の背負う十字架を知って、働き方を変えたら景色が変わったということ。どちらが正しいかの話ばかりしていても、一銭にもならないこと。

私はお仕事フィールドで、男女かかわらずゲーマーに正面からぶつかるのをできるだけやめようと努力しています。それは、信頼関係が築かれていない相手に正論を吐いて、襟を正して貰えた試しがないからです。「あなたは間違っている！」と指摘して、はいスミマセン直しますなんて言う人は、性別や年齢に関係なくほとんどお見かけしない。報われない気持ちで、こちらが消耗するだけでした。正しさを問うて人質を解放するゲリラがいないのと同じ。向こうには、信じて疑わない教義があるのですから。

頭の固いおじさん方はいずれ引退します。既得権益は同族間で継承されるでしょう。それでも、女ゲーマーの数が増えれば、お仕事ゲームのルールも変わらざるを得ない。だから、じわじわと女ゲーマーの数を増やす。とにかく、このフィールドに居座る。それがゲームの形勢を変えるひとつの方法だと思います。

不思議なことに、男ゲーマーの地雷を踏まないようにしてから、彼らが頼もしく思える機会が増えました。そんな都合のいい話があるかいなと思うでしょうけれど、私にとっては本当なんですってば。私が根を詰め過ぎた時には、彼らの気楽さに救われることも多々あります。男と一緒に働くのは「めんどくさいなぁ」と思うことの方が多いけれど、私はお互いの背負っているものを理解して、持ちつ持たれつでいきたいのですよ。

すべては楽しく働くために。

私はもうしばらく、このお仕事フィールドに居座るつもりです。

小さな女の子救済作戦

大人と見なされる年齢になってから、だいぶ時間が経ちました。イラッとするようなことがあっても、そこそこ上手に対応できるようになりました。しかし、大人になったからと言って、怒りや凹みや妬ましさといったネガティブな感情を持たなくなったというわけではありません。解脱《げだつ》したわけじゃないからさ。

たとえば、自分が任されると思っていた仕事が回ってこなかった時。たくさん練習したのに、本番でうまくできなかった時。親が悪意なくひどいことを言ってきた時。男性からデリカシーのない言葉を投げかけられた時。個人的なイシューに対し、動揺するのは子供っぽい。だから、「そういうこともあるわよねぇ」と静観のポーズをとったり、「あの人、ああいうところあるわよね」と、少し軽蔑したり、湧き上がる感情を処理していた時期が私にはありました。怒りや凹みや妬みを感じたら、適当に怒ったり凹んだり妬んだりして、感情を大人ベルトコンベアーに乗せてやり過ごすのです。

平気な顔でやり過ごしても、そのあとの痛痒い気持ちが消えることはありませんでした。気が付いたら、大人になった私の体はあちこち引っ掻き傷だらけ。上手にやり過ごしていたはずなのにおっかしーなーと、首を傾げるハメになりました。

子供時代、私は怒ったり凹んだり妬んだりする気持ちを感じたら、すぐ顔に出していました。下手したら、すぐ泣いていた。通信簿に「体が大きいのによく泣きます」と書かれたのは小学校二年生の頃。

当時の私は本当に素直だったというか、世界は自分中心に回っていると思っていたというか、感じた気持ちを上手に隠せませんでした。本人は隠しているつもりなんですけどね。悲しい！　と思ったらすぐ顔に出るし、褒められたらすぐニヤニヤする。それが大人になって、人はそれぞれ事情を抱えていると理解し、同時に自分の見栄や意地も育ち、ネガティブな感情を表に出すのはよろしくないと考えるようになりました。で、ネガティブな感情に囚われないように、適時感情を大人ベルトコンベアーに流す方法を覚えてしまったというわけ。

私の大人ベルトコンベアーは非常に便利なのですが、オペレーションに大きな欠点がありました。大切な工程が、ひとつ抜けていたのです。子供時代で例を挙げれば「泣く」という作業。私の感情処理工場は、ネガティブな気持ちの底にある、傷ついた心とさみしい気持ちを受け止める工程をすっ飛ばしていました。

私が怒ったり凹んだり妬んだりした時、心の中のどこかに、「あっ、そんな風に思われてたんだ……」というような、ちょっと傷ついた気持ちや戸惑いがあります。私はいつからか、それを表に出せなくなってしまった。表に出さなくなったら、その感情を認識できなくなりました。

長い間、怒りや凹みや妬みは、それぞれが別の感情だと思っていました。しかし、それらには「傷ついてさみしい」という気持ちが通底していると、ある時大事な女友達から教わりました。私はそこに気付かないままネガティブな感情をベルトコンベアーに乗せて流していたから、引っ掻き傷がイマイチ癒えなかったのです。

大人ベルトコンベアーの先にある感情処理工場は、対人コミュニケーションも不得手でした。たとえば「料理とか、まったく興味ないでしょう？」といったデリカシーに欠ける言葉に出くわした時、仲の良い相手なら「ひどい！　作りたい時には作るよ！」と笑いながら言えますが、これから信頼を置きたいと感じている相手からそんなことを言われると、ショックで傷ついた心を受け止めきれない場合がある。すると私は反射的に「あははー、まぁそうかもしれないッスよねー」などと乾いた笑いで会話を終わらせ、こっそり相手を見切ってシャッターを下ろしていました。

表面的には大人の対応ですが、これは関係性の発展を消滅させる方法です。乾いた笑いの奥の「傷ついた」とか「さみしい」という気持ちは誰にも届かず、真意は闇に葬られてしまいます。二度と会うつもりのない相手に対してならばそれで良いのでしょうが、そうじゃなければ、大人の対応をしたつもりがディスコミュニケーションになってしまう。これは誰も得をしないシステムだと思いました。

個人的な経験から言えば、さみしくて傷ついた時にそれを認識しないでいると、嬉しくて飛び上がりたい時の感情も、可愛いものや美しいものを見て幸せになった気持ちも、感動で心が揺さぶられた時の気持ちも、だんだん表に出せなくなってきます。

すると、正当な感情として表に出せるのは、「美味しい！」とか「むかつく！」ぐらいになってしまう。アラサーと呼ばれる世代が時に「怖い」と評されるのは、これが原因のひとつではないかなと思います。少なくとも、自分はそうだったと確信できる。

自分の感情を常にコントロール下に置くのが大人の条件だと思い込み、不条理には弱った心を見せずに怒る。せっかく「ネガティブな感情の奥には、さみしさや傷ついた心がある」と大事な友達から教わったのに、それをうまく採り入れることができなかった私は、いっつもぷりぷり怒っていました。

さみしくて傷ついた気持ちや、嬉しくて飛び上がりたい気持ちを素直に感じている存在を、便宜上「小さな女の子」と名付けましょう。私が小さな女の子だった頃には、その手の感情は素直に表に出せていたから。これ、俗に言う「インナーチャイルド」とはちょっと違うと思うのですよ。私は心理学には明るくありませんが、調べてみた限りインナーチャイルドとは、子供の頃に傷ついた自分のことを言っている。確かにそれも存在するのだろうけれど、「小さな女の子」は、いくつになっても自分の中に存在する、時に大人にはみっともないとされる類の感情を抱く存在です。

強い女にも五分の小さな女の子と言いますか、私にもパブリックイメージ（しかも自分で作り上げたもの）とは反する、小さな女の子＝さみしさや傷ついた気持ちをダイレクトに感じる存在がいます。見た目には不釣り合いな、砂糖菓子の世界に憧れるフワフワした気持ちだって、ちょっとは持っているのです。

自分の悲しみを放ったまま、いくつになっても可愛いものを「カワイイ！」と言える女を見てケッと思っていると、私の中の小さな女の子はいつまで経っても満足しないことに気付きました。また、自己防衛のつもりでネガティブな感情を無視していると、結局は自分の中の小さな女の子が、全部黙ってその感情を引き受けなきゃいけなくなってしまう。見栄と意地と自己批判と自己憐憫と過剰な俯瞰が、自分を不幸にしていたのです。恐ろしいですねぇ。

もっと恐ろしいことに、小さな女の子の存在を無視して歪《いびつ》な自己鍛錬をしていると、この女児はどんどん巨大化していきます。「巨大な小さな女の子」という矛盾した存在になって、ガメラだかゴジラだかのように海の向こうからザッパーンと、ある日突然恨みがましい顔を出してくる。

そこからこの女児をなだめるのは大変です。積年の思いがありますからね。巨大な小さな女の子は、恨みがましい顔をしたままドスンと私の背中におぶさって、私をいつも不安定にしました。やり場のない思いとはこれか！　と膝を打とうにも、背中の少女が重くて身動きが取れない状態です。

小さな女の子をなだめすかすには、少し時間がかかりました。怒りを感じる度に背中の女児に「これは？　ああ、傷ついてるのね。悲しいのね。ハイハイ」と確認して、悲しさやさみしさを認める。場合によっては、人にそれを伝える。こっ恥ずかしい感動の映像に思わず心が揺さぶられた時には「これは？　ああ、感情が昂ぶって泣きそうなのね。ハイハイ、泣きましょう」と涙を流す。どうにもつらい状況が続いて苦しい時には我慢せず「これは？　嫌なんだ。ハイハイ、助けを呼びましょう」と人に助けを求める。自分には不似合いに感じる可愛らしいものを見た時には「これ可愛い？　似合わないと思うよ～あっそう、じゃあとりあえず愛でるか」と手にとってみる。

小さな女の子の感情に付き合うのは超絶面倒でしたが、彼女の存在を認めたら、私はこの女の子を救済できた。巨大な女児は少しずつ小さくなって、私はそこそこ気楽になりました。「理想の自分になるために努力すること」と、「理想の自分なら感じないと勝手に想定した感情を無視すること」は、別の話なんだと思いました。みっともない感情にある程度開き直れるのが、大人なのかもなとも思いました。それからは少し肩の力が抜けるようになって、煮詰まっちゃった時にも、信頼を置ける人にはありのままの感情を吐露できるようになってきた。少しずつ、少しずつだけれども。

未練がましさや傷つきやすさ、そして子供っぽさは、いまだ私の中に存在します。でも、「そんなに上等な人間じゃないなぁ、アッハッハ」と、無様な自分に動揺しない厚かましさを身に付けた。自認はするけど、自責はしない。そういう風にすることに決めました。

思い返すに、アラサーと呼ばれる時代は未成年ならぬ未中年の時代だと思います。青年の次の中年という段階にまだ足を踏み入れていない、成人だけど中年にはまだなっていない微妙な時期。この半端な時代はまるで、未成年と同じぐらい危うい。

年齢としては大人なんだけど、理想の大人像に縛られているというか、思春期並みにバランスが取れてなかったなぁと、自分の十年前を振り返るに思います。私の場合は、ちょっと年を取ったぐらいで自分を過信していたところもある。もう大人なんだからと弱さを自認せず、自責だけしていたのでしょうね。

小さな女の子の気持ちを外に出すと、副産物としてコミュニケーションがうまくいくようにもなりました。「これは怒りではなく、傷心なのだ」と人に伝えるのはなかなか恥ずかしくハードルの高い行為。私もまだまだ完璧にこなせるとは言えません。気が付くと嫌みを言って、本心を伝えぬまま事態をややこしくしてしまう。そんな時は小さな女の子がツンツンとスカートの裾を引っ張り「私は満足してないんだけど……」という顔をする。私は「いやぁ、参ったなあ」とバツの悪い顔をしながら、気持ちの二重底をひっぺがします。そうすると、だいたいさみしい気持ちや傷ついた心が、そこにあるのでした。

そんなことの繰り返しで、無事に四十路へ足を突っ込みました。まぁこんなもんか。想像していたのとはまるで違うけれど、これはこれで楽しい毎日です。

あとがき

つい先日まで、「女の生きづらさ」に言及したコンテンツをよく目にしました。私は頷きながらも「これはこれで、そこそこ楽しいんだけどな……」と、完全なシンパシーを持てない自分を持て余していました。で、疎外感の理由を探っていたら、自分は生きづらさを感じる世代よりひとつ上の世代だと気が付いた。

私にも間違いなく生きづらかった時代はあり、コンプレックスに毎日首を絞められていました。女子になりたいと願いながら女子連中を下に見て、己の女子性を否定する。私が女子を背負えなかった時代です。その期間は長く、十代半ばから二十年近くあったと思います。

当時私が生きづらかった理由を考えると、それは主に己と決着が付いていなかったから。いまも「完全に自分を受け容れた！」とは言いがたいのですが、それほどの落胆を伴わずに「まぁこんなもんか」と自分を認識できるようにはなりました。何事もソフトランディングできる点で、加齢は敵ではありませんでした。

本著では、女子を背負えなかった時代と、それと楽しく付き合えるようになってからのあれこれを書きました。文章にすると、如何に私が勝手な思い込みに囚《とら》われていたかよくわかります。思い込むに至る理由はあったはずですが、小さな思いを自社工場でせっせと発酵させ、結果的に現実とは異なる強い先入観を醸造していたように思います。そして、私はそれに悪酔いしていた。二十年酔いから醒めたのが、四十代の始まりの合図でした。

理想という名の正論と目前の現実が大幅に乖離している時、理想以外をNGとすれば、必ず自分の首が絞まる。なぜって、夜が明ければ気に入らない現実は必ずやってくるから。ならば、理想と現実の間に今日の落としどころのようなものを見つけよう。それが諸々の事象に対する、私の暫定的着地です。これが、楽。すごく楽です。

正論で不具合の横っ面を叩く人ではなく、私はネゴシエーター（交渉人）でありたい。周囲だけでなく、自分自身に対しても。最近そんなことをよく考えています。

最後に、辛抱強く温かく原稿を待ってくださった幻冬舎の大島加奈子さん、内容を十分に代弁して余りある素敵なカバーを作ってくださったデザイナーの芥陽子さん、心強い帯コメントを寄せてくださった柳原可奈子さん、アゲハスプリングス社長の玉井健二さん、市川康久さんに心から感謝いたします。ありがとうございました。

二〇一四年六月吉日

ジェーン・スー

ジェーン・スー
1973年、東京生まれ東京育ちの日本人。作詞家/ラジオパーソナリティー/コラムニスト。音楽クリエイター集団agehaspringsでの作詞家としての活動に加え、TBSラジオ「週末お悩み解消系ラジオ ジェーン・スー 相談は踊る」をはじめとするラジオ番組でパーソナリティーとして活躍中。著書に『私たちがプロポーズされないのには、101の理由があってだな』(ポプラ社)がある。

マネジメント
市川康久(アゲハスプリングス)

初出
貴様いつまで女子でいるつもりだ問題
女子会には二種類あってだな
私はオバさんになったが森高はどうだ
三十路の心得十箇条
メガバイト正教徒とキロバイト異教徒の絵文字十年戦争
ファミレスと粉チーズと私
ピンクと和解せよ。
男女間に友情は成立するか否か問題が着地しました
来たるべき旅立ちを前に
女友達がピットインしてきました
今月の牡牛座を穿った目で見るならば
桃おじさんとウェブマーケティング
Nissen愛してる
東京生まれ東京育ちが地方出身者から授かる恩恵と浴びる毒

以上、ブログ「ジェーン・スーは日本人です。」のエントリを加筆修正。

それ以外は書き下ろし。

貴様いつまで女子でいるつもりだ問題

2014年7月25日　第1刷発行
2014年9月25日　第7刷発行

著　者　ジェーン・スー
発行者　見城 徹
発行所　株式会社 幻冬舎
〒151-0051 東京都渋谷区千駄ヶ谷4-9-7
電話　03（5411）6211（編集）
03（5411）6222（営業）
振替 00120-8-767643

印刷・製本所　株式会社 光邦

ISBN978-4-344-02604-9　C0095
幻冬舎ホームページアドレス　http://www.gentosha.co.jp/

この本に関するご意見・ご感想をメールでお寄せいただく場合は、comment@gentosha.co.jp まで。

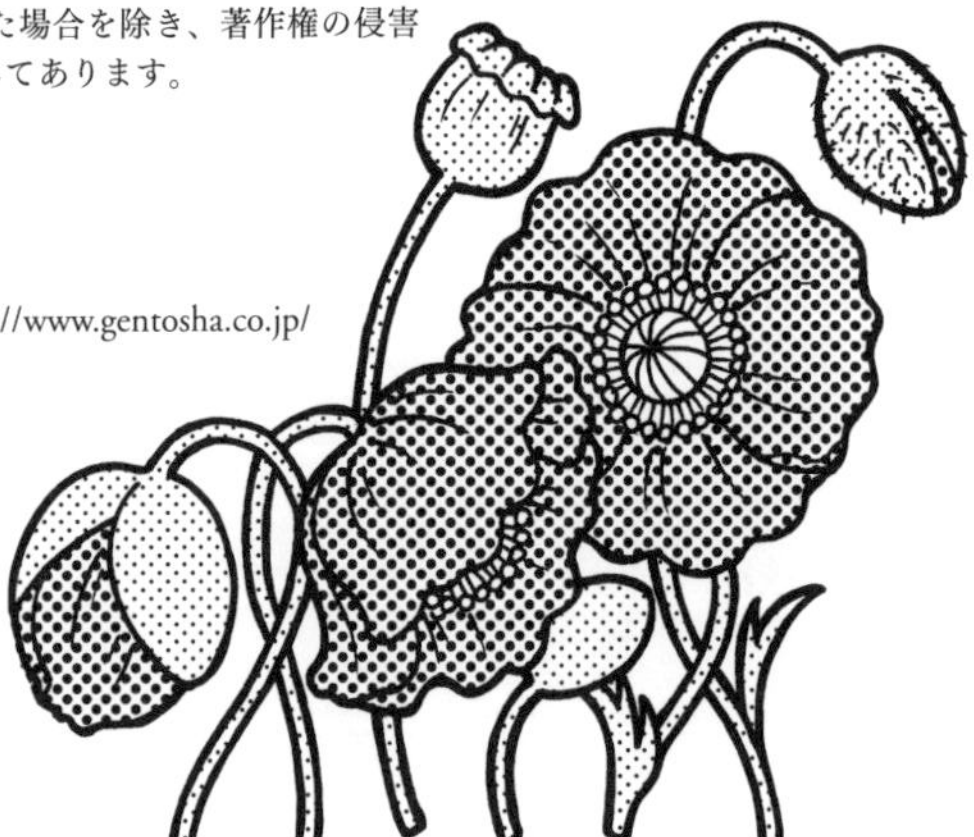